Die Legenden von Minaka
Die Auserwählte

Angela Ambühl

Die Legenden von Minaka
Die Auserwählte

Eine fantastische Geschichte

Edition Puhsaha

Bibliografische Information der Deutschen Nationalbibliothek:
Die Deutsche Nationalbibliothek verzeichnet diese Publikation in der deutschen Nationalbibliografie; detaillierte bibliografische Daten sind im Internet über http://dnb.dnb.de abrufbar.

© 2019 Angela Ambühl

Herausgeber: Edition Puhsaha, Buchs Zürich
Titelbild Hintergrund: Jakub Orisek (Burg Hohenzollern)
Drachen: Pixabay

Herstellung und Verlag: BoD - Books on Demand, Norderstedt

ISBN: 978-3-7431-1685-6

Prolog

Der Regen trommelte auf das dichte Blätterdach des Waldes. Alles war still. Kein Tier war zu sehen, man hörte nichts ausser dem Regen und dem Rauschen des grossen Minakasees. Er lag in einem kleinen Wald, etwa 70 Kilometer von der Hauptstadt Laoma entfernt. Er war der grösste See von Minaka. Man erkannte ihn gut an seiner birnenförmigen Form. Zu jener Zeit leuchtete er in einem hellen Violett, wenn die Nacht anbrach. Immer zu dieser Jahreszeit bildeten sich am Grund des Sees grosse, violette Blumen. Und wenn die Sonne verschwand, leuchteten diese.

Die junge Frau, die am Seeufer entlang rannte, hatte keinen Blick für das Spektakel übrig. Ihr Atem ging schwer und Schweissperlen liefen über ihre Haut und tränkten das braune Kleid. Ihre braunen Haare wehten im Wind. In ihren Armen trug sie ein Stoffbündel. Sie schaute immer wieder hinter sich und rannte weiter.

Ein greller Blitz leuchtete auf und sie stürzte zu Boden. Das Stoffbündel rollte über das Erdreich. Die Frau stand auf und schnappte sich das Bündel, als sie das Geräusch galoppierender Laufdrachen hörte. Schreie und Gelächter folgten. Waffen klirrten und das Schnauben der Drachen ertönte aus dem Wald. Sie waren da.

Die Frau stoppte. Weglaufen hatte keinen Sinn mehr. Sie umklammerte das Bündel fester und schaute in den Wald. Aus dem Dickicht kamen sie. Menschenähnliche Gestalten. Gross, dünn, mit langen Reisszähnen. Ornis. Sie waren starke Kreaturen, dumm aber gnadenlos. Sie konnten mit allen Waffen umgehen, waren brutal und leicht zu beschaffen. Gab man ihnen Arbeit, gehorchten sie sofort. Ornis waren dafür berüchtigt, wenn es ihnen langweilig wurde, auch mal ihren Arbeitgeber umzubringen. Darum waren sie in Minaka unbeliebt und gefürchtet. In der Gegend von Laoma sah man sie selten. Die paar, die hier lebten, waren Einzelgänger. Lebten ausserhalb und abseits, in den Wäldern. Man sah sie meistens im Krieg, auf der Seite von Blutkönig Dagon. Er führte seit ein paar Jahren Krieg gegen das Königreich Minaka. Er tauchte eines Tages im Norden auf, mit Trollen, Riesen, Ornis und Todesmagiern an seiner Seite, und übernahm Gebiet für Gebiet. Er konnte durch die Truppen des Königs von Minaka wieder zurückgeschlagen werden, aber nicht für lange. Schnell hatte er die Gebiete wieder zurückerobert und die Lage war heikel.

Dagon brauchte für seinen Krieg jede Kreatur, die er kriegen konnte und darum staunte die junge Frau, als sie die Kampfgruppe hier erblickte. Sie ritten auf Laufdrachen, drei Meter langen Echsen mit zwei Beinen und zwei kleinen Händen mit Krallen. Die Krieger trugen Langbogen, Äxte, Schwerter, Hämmer und Sensen bei sich. Sie umringten die Frau und spannten ihre Bögen. Der Kreis öffnete sich ein wenig und ein Mann mit Hörnern, in einen langen Mantel gehüllt, kam auf sie zu. Er ritt auf einem Teufelspferd, einem schwarzen Pferd in Rüstung, mit Hörnern auf dem Kopf. Diese Pferde gehörten zu den schnellsten Lauftieren in ganz Minaka. In der bleichen Hand hielt er einen schwarzen, kleinen Stab mit einem roten Juwel an der Spitze. Sie erkannte ihn sofort. Er war ein Todesmagier. Das waren mächtige Zauberer, die Chaos und Zerstörung mit sich brachten.

»Darf ich mich vorstellen?«, fragte der Magier mit einem Lächeln im Gesicht. »Ich bin Zalgo. Ein treuer Diener von Dagon. Du weisst, warum wir hier sind?«

»Du bekommst sie nicht!«, schrie die Frau. »Nur über meine Leiche!«

»Kein Problem«, grinste er und winkte mit der Hand. Die gespannten Sehnen der Bögen schnellten zurück und ein Pfeilhagel prasselte auf die junge Frau nieder. Sie hob die Hand und ein schwacher, rötlicher Schutzschild bildete sich. Die Pfeile prallten ab und mit Knurren stürzten sich die Ornis auf die junge Frau. Die Hand der Frau leuchtete hell auf und ein roter Strahl schoss durch einige der angreifenden Ornis.

»Na los, macht sie fertig! Wir brauchen das Baby!« schrie Zalgo durch den Lärm.

Die Frau hob eine Axt vom Boden auf und konnte gerade noch einen Angriff abwehren, der von oben kam. Eine schnelle Bewegung der Axt und der Orni sank zu Boden. Von allen Seiten griffen sie die Frau an. Ein dumpfer Schmerz breitete sich aus und etwas Warmes lief über ihren Arm. Die Frau sah nicht hin, sie wusste es auch so. Ein weiterer Schnitt an der Lende lies die Frau aufschreien. Zu Kämpfen brachte ihr nichts. Ihr blieb nur die Flucht. Mit schnellen Schritten, mit dem Bündel im Arm, rannte sie zu einem der Drachen. Sie stieg auf und galoppierte los. In ihrem Augenwinkel sah sie Zalgo, wie er die Hand hob und ein greller Blitz schoss durch den Drachen. Er fauchte kurz auf und fiel mit der Frau zu Boden. Sie rollte ein paar Meter weiter und hörte ein grässliches Knacken. Es war ihr Bein. Sie stoppte und blieb noch ein wenig benommen liegen. Ihr Bein pochte und Blut rann ihr aus Wunde an der Lende. Langsam hob sie ihren Kopf und sah Zalgo, wie er gemütlich zu ihr hin ritt. Neben ihr blieb er stehen und stieg von seinem Pferd ab.

»Gibst du es mir endlich?«, fragte er liebevoll.

»Nur über meine Leiche!«, fauchte die Frau und spuckte Blut. Sie stand trotz ihrem gebrochenen Bein auf, verlagerte ihr Körpergewicht auf das gesunde Bein.

»Du törichtes Ding«, sagte Zalgo genervt und hob die Hand für den Todesschuss. »Siehst du es nicht ein? Du kannst sie nicht retten!«

In ihr brodelte etwas. Es floss durch die Arme, durch das gebrochene Bein, zu ihrem Gesicht und durch die Hände in das Bündel. Sie war schwer verletzt und ihre magischen Kräfte waren fast aufgebraucht. Sie würde die nächste Attacke nicht überleben. Aber sie konnte das Kind retten. Das Kind konnte die Welt retten. Sie würde für ihr Kind sterben, wie es jede Mutter tun würde.

Sie wickelte ein wenig des Stoffes weg und schaute in ein helles Gesicht, das von schwarzen Haaren umrandet war. Sie schlief. Es war besser so. Sie musste nicht den Tod der eigenen Mutter sehen. Eine

Träne fiel auf das weiche Gesicht des Kindes. Die Frau drückte das Bündel noch einmal an sich und legte es schliesslich zu Boden. Ein letztes Mal bündelte sie ihre verbliebenen Kräfte. Ihr Körper leuchtete rot auf und eine riesige Druckwelle breitete sich von der Körpermitte der Frau aus. Die Welle verbrannte alles im Wege stehende. Die Ornis schrien auf und fielen als verkohlte Leichen zu Boden. Zalgo sah es zu spät kommen und wurde ebenfalls von der Welle erfasst. Er wäre der Einzige gewesen, der überleben könnte. Ein Schutzschild, oder eine kleine Teleportation hätte gereicht, um zu überleben. Zalgo fiel als verbrannter Klumpen zu Boden. Auch sein Pferd verbrannte.

Die Frau sah auf die verkohlten Leichen und fiel neben dem Kind zu Boden. Die Verteidigung des Kindes hatte ihre gesamte Kraft gekostet. Noch einmal sah sie zu dem Bündel und hörte ein leises Weinen. Die Kleine war gerettet. Sie schloss die Augen und atmete ihren letzten Atemzug aus.

Mehrere Stunden später ritt eine königliche Patrouille vorbei und fand die Leichen. Alle Ritter trugen silberne Rüstungen mit dem königlichen Wappen von Minaka. Ein silberner, spitzer Stern auf blauem Untergrund. An den Seiten der Soldaten hingen Schwerter und in der Hand hielten sie eine Lanze. Die Pferde wieherten nervös, denn ein versengter Geruch lag in der Luft.

»Sucht nach Überlebenden. Sofort!«, sagte der General auf dem weissen Pferd. Seinen Schwertknauf zierte ein blauer Diamant, die Feder auf seinem Helm schimmerte dunkelblau. Er zog den Helm ab. Ein weisser, kurzer Bart schimmerte im violetten Licht des Sees. Eine Narbe zog sich über die Lippe und seine grauen Augen suchten die Umgebung ab. Er hatte viele Dienstjahre hinter sich. Auch schon einige Kriegsjahre. Jeden Tag sah er Freunde sterben, hatte seine Familie im Krieg verloren, aber er kämpfte weiter. Er war ein angesehener Mann und lebte zurückgezogen in Laoma. Er war noch nicht so alt, wie er auf den ersten Blick zu Sein schien. Erst 45 Jahre alt war er. Aber eines Tages verfluchte ihn ein Todesmagier mir einem Alterungszauber. Er sah jetzt wie 70 aus. Der Fluch war einer der Gründe, warum er nur noch Patrouillenleiter war. Der Job gefiel ihm allerdings sehr gut.

Ein Ritter ritt auf ihn zu.

»Sir, es gibt eine Überlebende.«

»Wo ist sie?«, fragte er und schaute neugierig umher.

»Hier, Sir«, sagte der Soldat und reichte ihm das Bündel. Er öffnete es und blickte in ein leise weinendes Mädchengesicht. Die schwarzen Haare verdeckten ihre langen, spitz zu laufenden Ohren. Auf dem Kind lag ein Zettel. Er öffnete ihn und las die Nachricht. Er steckte sie in seine Rüstung.

»Sir, die Mutter lag daneben. Wir vermuten, dass die Mutter den Feuerzauber angewendet hat.«

»Sie war keine normale Zauberin. Nicht einmal die Stärksten am Hofe des Königs können einen solchen Zauber anwenden. Und es war kein Feuerzauber«, sagte er nachdenklich.

»Was war es dann?«, fragte der Unteroffizier, ein Mann mit blonden Haaren und blauen Augen.

»Ein Schattenzauber. Ich habe das bis jetzt nur einmal gesehen«, murmelte er und sah auf das weinende Kind.

»Ich dachte, Schattenwesen gibt es nicht mehr?«, fragte der Unteroffizier.

»Das dachte ich auch. Aber die Mutter war keins.«

»Was macht euch da so sicher, Sir?«, fragte ein anderer Soldat.

»Sieh dir die Frau an. Braunes Haar, runde Ohren. Sie ist kein Schattenwesen. Die Magie floss nicht durch ihr Blut. Die Magie wurde ihr überreicht, damit sie es weiter geben kann.«

Beide sahen auf das Kind.

»Was gedenkt ihr zu unternehmen?«, fragte der Unteroffizier.

»Ich werde sie bei mir aufnehmen. Wer weis, vielleicht wird sie für die Zukunft mal wichtig.«

Zehn Jahre später

»Los! Schneller!«, rief ich und gab dem Laufdrachen die Sporen. Vor mir rannte ein grüner Drache. Auf seinem Rücken sass ein rothaariger Junge in einem grauen Hemd und brauner Stoffhose.

»Fang mich doch, wenn du kannst!«, rief er mir zu. Das liess ich mir nicht zweimal sagen und drückte meine Füsse immer wieder in die Seiten des orangefarbenen Drachen mit den roten Streifen auf dem Rücken. Er schnaubte auf und rannte schneller.

Wir ritten mit unseren Drachen durch die Marktstrassen von Laoma. An den Strassenrändern standen das ganze Jahr Stände mit Nahrungsmitteln, Kleidern und vielem mehr. Heute war arbeitsfreier Samstag und wer keinen der Stände zu betreuen hatte, trieb sich auf den Strassen umher. Laoma war die Hauptstadt des Königreiches Minaka. Hier lebte etwa eine Million Menschen in vielen kleinen, farbigen Steinhäusern. Laoma lag an einem Hügel und wurde stufenförmig gebaut. Die Stufen verliefen um den ganzen Hügel. An der Hügelspitze lag der Palast des Königs. Jede Stufe besass eine ringförmige Hauptstrasse, welche rund um den Hügel führte. Von diesem Hauptring jeder Stufe gingen viele Nebenstrassen den Hügel hinauf und hinunter. Die Marktstrasse lag ziemlich in der Mitte des Hügels.

Ich holte auf und war nur noch eine Drachenlänge von ihm entfernt, als er plötzlich in eine Nebenstrasse einbog. Ich sah es zu spät und ritt gerade aus weiter und warf einen Marktstand mit Äpfeln um.

»Ihr kleinen Bastarde! Euch kriege ich noch!« schrie mir der Standbesitzer nach.

»Versuch es doch!«, rief ich zurück und ritt weiter der Marktstrasse entlang. Tyam befand sich jetzt im Marktring 1. Die Nebenstrassen oder auch Nebenringe waren immer nach der Hauptstrasse benannt und nummeriert. Sie liefen parallel zu den Hauptstrassen, nur näher am Hügel. Die Hauptstrasse befand sich immer am äussersten Rand der Stufe und die Nebenringe führten immer näher zum Hügel. Jede Stufe war mit Treppen mit der nächsten verbunden. Die Treppen verbanden aber nur die Hauptstrassen. Nebenringe hatten keine Verbindungstreppen. Darum gab es für Tyam kein Entkommen.

Ich sah eine Verbindungstreppe und ritt sie hoch. Jetzt war ich in der Werkstrasse. Hier waren die Werkstätten der Schmiede, Töpfer, Weber und viele mehr.

Mit meinem Drachen sprang ich auf die flachen Hausdächer und suchte die Nebenstrasse nach ihm ab. Mit einem Sprung zur Seite war ich auf der nächsten Hausreihe. Und da sah ich ihn. Er ritt ein paar Meter unter mir und wich gerade einer Frau mit Kinderwagen aus. Das bremste ihn und ich schlug zu. Ich sprang in den Nebenring, genau vor Tyam. Er konnte nicht mehr bremsen und sein Drache rannte in meinen hinein. Durch den Aufprall fielen wir beiden von unseren Drachen.

Staub wirbelte auf und legte sich auf unsere Kleider. Ich stand hustend auf und konnte gerade noch die Zügel meines Drachen halten, bevor dieser davon rennen konnte. Tyam hatte kein Glück, denn sein Drache rannte fauchend davon.

»Halt, bleib stehen!«, schrie Tyam und schaute traurig seinem Drachen nach, wie er sich davon machte. Ich stand nur da. Denn ich wusste, was als Nächstes kommen würde. Er drehte sich langsam um und sah mir in die Augen. Seine grünen Augen strahlten Hass aus und seine roten Haare waren voller Staub. Die Trauer war der Wut gewichen.

»Das ist alles deine Schuld Ori!« fauchte er mich an.

»Was! Meine?« ich hob unschuldig die Hände. »Du wolltest doch ein Rennen machen.«

»Aber nur, weil du mir nicht glauben wolltest, dass Xeyar der Schnellste ist«, sagte er und kniff die Augen zusammen.

»Jetzt weisst du ja, dass es nicht auf den Drachen ankommt, sondern auf den Reiter und dass ich der bessere Reiter von uns beiden bin«, meinte ich triumphierend.

Tyam sah mich wieder an und langsam beruhigte er sich. Er sah noch einmal an die Stelle, an der zuvor sein Drache weggerannt war, und riss die Augen auf.

»Scheisse! Mein Vater wird mich umbringen. Das war das fünfte Mal in diesem Monat, dass Xeyar davon gerannt ist. Das heisst wohl wieder Hausarrest«, fluchte Tyam vor sich hin.

»Ich glaube, um den Hausarrest musst du dir keine Gedanken machen«, sagte ich leise zu ihm und starrte auf die Strasse.

»Wieso?«, fragte er und drehte sich um. »Oh« entfuhr es ihm, als er die Stadtwächter sah. Sie trugen eine leichte Rüstung, Schwert, eine Lanze und sassen auf Pferden. Die Frau mit dem Kinderwagen zeigte gerade auf uns.

»Komm, wir hauen ab«, sagte ich leise in sein Ohr und spazierte, pfeifend davon. Tyam folgte meinem Beispiel.

»He! Ihr da!« rief ein Wächter. Ich zuckte zusammen und drehte mich um. »Meinen sie etwa uns?«, fragte ich so unschuldig, wie es ging.

»Ja ihr beide. Uns ist zu Ohren gekommen, dass sich hier zwei Reiter auf Laufdrachen umhertreiben und ein Wettrennen in der Marktstrasse machen, auf Häusern umher springen, Marktstände demolieren und Passanten überrennen. Wart ihr das?« fragte er streng.

»Nun haben sie nicht gerade gesagt, dass sich hier zwei Reiter umhertreiben? Ich sehe nur einen Drachen. Und auf einem Drachen hat nur eine Person Platz. Richtig? Falls ich zu schnell war, tut das mir leid. Mein Drache ist noch jung und gehorcht noch nicht so richtig. Wenn sie mich entschuldigen, mein Freund und ich müssen noch Einkäufe machen.« Ich wollte mich gerade umdrehen und aufsteigen, als einer der Wächter, er hatte braune Augen und schwarze, kurz geschnittene Haare, mir den Weg versperrte und mich am Arm packte.

»Hör mal zu du freche Göre. Vor ein paar Minuten wurde uns berichtet, dass ein grüner Drache umherrennt, mit Sattel. Ich würde meine Rüstung darauf verwetten, dass er deinem Freund gehört. Zwei verletze Personen und einen Marktstand habt Ihr auf dem Gewissen. Ich muss euch leider mitnehmen.« Er packte mich fester und zog mich zu seinem Pferd und setzte mich drauf. Der andere wollte gerade auf meinen Drachen steigen, als ich einen grellen Pfiff ausstiess. Der Drache türmte sich auf, schüttelte den Stadtwächter ab und rannte davon. Zurück zum Stall. Der Wächter neben mir funkelte mich mit braunen Augen an. Ich grinste zurück. Tyam wurde ebenfalls auf ein Pferd gesetzt und dann ging es Richtung Kommandozentrale.

Sie befand sich auf dem obersten Treppenabschnitt unterhalb des Palastes. Es war das Hauptquartier der Stadtwächter und Ritter. Viele Stunden entfernt, in Merkis, lag die Rekrutenschule. Die Ausbildungsstätte für Ritter, Wächter und Soldaten. Dort wurden sie ausgebildet für den Krieg. Es gab auch eine Generalsschule. Dort kamen aber nur die Allerbesten rein.

Unser Ritt verlief ganz gemütlich. Wir ritten zuerst zurück auf die Werkstrasse. Von dort gelangten wir über die Verbindungstreppe zur Weberstrasse, weiter durch die Wohnungsstrassen, bis wir auf der Palaststrasse standen. Direkt an der Verbindungstreppe standen die grossen Gebäude der Kommandantur. Wir wurden hineingeführt und landeten schliesslich getrennt in einem Büro. Das Büro war schlicht eingerichtet. Ein grosses Pult, ein Fenster mit Aussicht über Laoma, ein paar Bilder und Auszeichnungen hingen an den Wänden. Ein Aktenschrank stand in der Ecke. Ich sass auf einem alten Klappstuhl.

Die Tür öffnete sich und der Wächter mit den braunen Haaren setzte sich vor mich.

»Gut fangen wir an. Vorname,«
»Ori.«
»Nachname,«
»Hadley.«

»Warte,« er sah mich an und hob den Stift vom Papier. »Dein Nachname ist Hadley? Du bist doch nicht etwa die Tochter von General Louis Hadley?«

»Doch, bin ich«, sagte ich schulterzuckend.

»Warte einen Moment bitte«, sagte er und erhob sich. Er verliess den Raum und kam nach zehn Minuten wieder mit einer Akte in der Hand.

»Ori Hadley. elf Jahre alt, geboren am sechsten Juli in Laoma. Wohnhaft in der Cha-Strasse. Vater ist General Louis Hadley. Darin steht, dass du schon mehrere Einträge wegen Wettrennen in den Strassen hast. Mehrere Verletzte, Sachschaden von insgesamt 250 Dolin.« Er sah hoch und fixierte meine Augen.

»Das von heute war der fünfte Fall in einem Monat. Du bist nicht unbekannt. Bis jetzt wurde nichts unternommen, da du noch minderjährig bist.« Er schüttelte den Kopf.

»Das kommt nicht noch einmal vor. Verstanden?«

Ich nickte.

»Gut. Ich werde dich jetzt nach Hause bringen.«

Die Sonne ging gerade unter, als ich vor dem Haus meines Ziehvaters stand. Es war gelb angestrichen, hatte viele Fenster und Blumen davor. Der Stadtwächter klingelte. Nach ein paar Minuten öffnete mein Vater die Tür. Er trug wie immer ein blaues Hemd und eine graue Hose. Seine weissen Haare waren ein wenig verstrubbelt.

»Guten Abend Sir.« begrüsste der Wächter ihn. Er sah zuerst mich an und danach den Wächter.

»Guten Abend. Was hat sie diesmal angestellt? Hat sie Fangen gespielt mit ihrem Freund?«, er lachte kurz auf.

»Nun ja. Sie haben Fangen auf Laufdrachen gespielt in der Marktstrasse. Dabei ging der Stand eines Apfelverkäufers zu Bruch. Wenn ich sie wäre, würde ich schauen, dass ihre Tochter sich ein anderes Hobby zulegt«, sagte der Wächter mit strengem Blick.

»Ach, die heutigen Kinder. Die haben doch nur Flausen im Kopf. Vielen Dank und noch einen schönen Abend«, schmunzelte mein Vater, doch ich wusste, dass es kein echtes Schmunzeln war.

»Ihnen auch noch einen schönen Abend.« Der Stadtwächter stieg auf sein Pferd und galoppierte davon.

Mehr als nur Hausarrest

Wir gingen in das Haus hinein und setzten uns an den kleinen Esstisch. Auf dem Tisch stand ein Topf mit kalten Nudeln.

»Ori, so geht das nicht weiter. Das war das fünfte Mal in diesem Monat. Eines Tages kommst du noch ins Gefängnis.«

Ich presste die Lippen aufeinander und sah beschämt zu Boden.

»Du kannst froh sein, dass ich dein Vater bin. Ich habe übrigens deinen Drachen Niak zum Stall gebracht. Er tauchte völlig verstört und schnaufend hier auf.« Seine Stimmung hatte sich entspannt.

»Danke Vater«, rief ich und umarmte ihn.

»Aber morgen gehst du zu Kaat und entschuldigst dich bei ihm. Denn so, wie ich dich kenne, hast du Tyam wieder auf ein Rennen herausgefordert.« Er lächelte und streichelte über meinen Kopf.

»Ja mache ich.«

»Und jetzt iss deine Nudeln und dann ab ins Bett.«

Eine halbe Stunde später stand ich im Pyjama im Bad und putze meine Zähne. Dabei betrachtete ich mein Spiegelbild. Schulterlanges, schwarzes Haar, rote Augen und lange, spitze Ohren. Meine Haut war hell und mein Körper war gross. Ich war grösser als die meisten Jungs, die ich kannte. Ich war auch grösser als Tyam. Meine Beine und Arme waren muskulös, vom vielen Rennen und Klettern. Meistens war ich mit Tyam unterwegs. Meinem einzigen Freund. Ich hatte ihn bei den Drachenställen seines Vaters kennengelernt. Ich wollte schon immer einen Drachen und zu meinem 10. Geburtstag bekam ich Niak. Ich hatte ihn ausgesucht und mein Vater kaufte ihn. Tyam half mir beim Reiten lernen und so wurden wir beste Freunde.

Ich betrat müde mein kleines Zimmer. Es bestand aus einem Bett, Pult mit Stuhl, einem Bücherregal, Schrank und meiner eigenen Holztruhe mit Schloss. Dort bewahrte ich meine Schätze auf. Wie besondere Steine, Zeichnungen, Fotos und eine Halskette. Es war die Halskette meiner Mutter. Aus Silber mit einem Drachenanhänger. Als man meine Mutter tot auffand, trug sie diese bei sich. Man entschied sich, sie mir zu schenken, da ich die einzige Erbin war. Seit ich sie erhalten hatte, behüte ich sie wie meinen Augapfel.

Gähnend torkelte ich zu meinem Bett, legte mich hinein und kuschelte mich in meine blaue Decke. Schon nach wenigen Minuten war ich eingeschlafen.

Ein Sonnenstrahl kitzelte meine Nase und ich erwachte. Mit Schwung warf ich die Bettdecke zurück und wunderte mich, dass sie um 90° gedreht war. Ich brachte es jede Nacht zustande, dass sich die Bettdecke drehte. Tyam sagte, das wäre der Geist meiner Mutter gewesen, um mir etwas zu sagen. Ich hatte nur gelacht und Tyam war daraufhin den ganzen Tag beleidigt gewesen.

Ich ging barfuss zu meinem hellen Schrank, öffnete ihn und zog mich an. Knielange, dunkelbraune Stoffhose und ein hellblaues Männerhemd. Als ich noch klein war, trug ich immer Kleider oder Röcke. Mit der Zeit wurde es uns beiden zu blöde, immer neue Kleider zu kaufen. Ein paar Hosen und alte Hemden von Vater reichen schon. Ich ernte dafür immer wieder boshafte Blicke und mein Vater musste sich schon so einiges anhören. Das sei keine Erziehung, ich würde zu einem Ganoven heranwachsen und noch vieles mehr.

Immer noch barfuss ging ich die alte Treppe herunter. Unten in der Küche sass mein Vater und trank Kaffee. Ein bestrichenes Brot lag an meinem Platz.

»Ist für dich«, sagte mein Vater und griff nach der Zeitung. Ich stürzte mich auf das Brot, nahm einen grossen Bissen und ging zur Tür. Gerade als ich sie öffnen wollte, rief er mich zurück.

»Ori, mach keinen Blödsinn. Ich will nicht noch einmal die Wächter vor meiner Tür sehen, wegen dir.« Er sah mich mit seinen grauen Augen durchdringend an.

»Ja, ich verspreche es.«

»Und vor Sonnenuntergang bist du wieder zu Hause, verstanden?«

»Ja.« Ich zog das Ja sehr lange, denn ich wollte endlich gehen.

»Na dann, viel Spass.« Er lächelte mich an und widmete sich seiner Zeitung. Ich stürzte hinaus in die belebten Strassen von Laoma. Es waren schon viele Menschen unterwegs. Frauen die Sachen verkauften, Männer gingen in die Werkstätten und Kinder spielten auf der Strasse. Ich rannte die Strasse hinunter, zur Verbindungstreppe und von dort bis ganz nach unten. An der untersten Treppe waren die Drachenställe, mit ihren grossen Weiden und daneben waren die Felder der Bauern.

Schon von Weitem sah ich das Schild »Drachenhof Feuerfels«. Als ich keuchend den Hof betrat, nahm ich die bekannten Gerüche wahr. Rauch, Drachenmist und verbranntes Haar. Ich hörte das Fauchen der trotzenden Tiere und das Kreischen der Jungtiere. Hier war mein Drache zu Hause. Unter vielen seiner Artgenossen. Die meisten hier waren, wie meiner, Laufdrachen. Es gab auch Lastendrachen, grosse, breite, starke Tiere die Wagen zogen. Auf der Wiese übten manchmal Ritter mit ihren Spionen. Das waren vier Meter lange Tiere, mit grossen Flügeln ausgestattet. Diese wurden häufig als Spione eingesetzt, da sie wendig und schwierig zu treffen waren. Was es hier leider nicht gab, waren die mächtigen Flugdrachen. Diese Tiere konnten grösser als zwölf Meter werden und ihr Feueratem war extrem gefährlich. Neben den Flugdrachen konnten nur noch gewisse Unterarten von Spionen, Feuer speien. Es gab unterschiedlichste Arten von Flugdrachen, in allen Farben und unzähligen Variationen. Leider gab es nicht sehr viele Gezähmte, da sie sehr schwer zu bändigen waren. Drachenreiter wurden nur in Merkis ausgebildet und die Drachen dort, wurden alle in Gefangenschaft geboren. Begegnete man einem Wilden, dann hatte man nicht mehr lange zu leben. Wilde Flugdrachen auch Alphas genannt, frassen und verbrannten alles, was ihnen in den Weg kam.

Ich wollte gerade den Stall betreten, als mir Kaat entgegenkam. Seine Glatze glänzte und die grünen, listigen Augen durchbohrten mich. Ihm gehörte der Hof und er war der Vater von Tyam.

»Sieh an, sieh an. Wenn das nicht der Raser von Laoma höchstpersönlich ist. Konntest es wohl nicht erwarten, noch mehr unschuldige Passanten über den Weg zu reiten?« Giftete er mich an. Er mochte mich nicht. Ich ihn auch nicht.

»Danke für das Kompliment. Ich wollte gerade nach Tyam schauen, als du mir über den Weg läufst.« Ich grinse ihn frech an und recke die Schultern, um noch grösser zu wirken.

»Er ist hinter den Ställen. Aber bevor du meinen Sohn wieder zu verrückten Wettrennen ermunterst, sage ich dir, er hat Hausarrest. Und zwar für längere Zeit. Wenn du deinen Drachen in meinen Ställen noch wohnen lassen willst, gehst du ihm jetzt helfen. Hast du mich verstanden?« Er funkelte mich böse an und drohte mit seinem Finger. Dann drehte er sich um und ich streckte ihm die Zunge raus. So ein Spielverderber.

Ich hüpfte durch den Stall hindurch und suchte meinen Freund. Ich fand ihn schliesslich bei dem Misthaufen. Es roch furchtbar nach Drachenmist.

»Igitt!«, rief ich, hielt mir die Nase zu und versuchte den Gestank weg zu wedeln. Es klappte nicht. Der Gestank blieb, wo er war. In meiner Nase.

Tyam stand vor dem Misthaufen, mit einer Schaufel in der Hand. Neben ihm stand ein grosser leerer Karren.

»Hallo Ori«, sagte er bedrückt und rümpfte die Nase.

»Kommst du mir helfen? Ich muss den Mist auf den Karren laden, und wenn ich bis heute nicht fertig werde, darf ich nie wieder mit dir ausreiten gehen.«

»Na ja, freiwillig würde ich das nicht nennen«, ich kratze meine Nase, denn der Mist roch scharf und brannte leicht in meinen Nasenhöhlen. Ich schnappte mir eine Schaufel und ging zu Tyam hin.

»Ich würde es eher Sklaverei nennen. Dein Vater hat mir gedroht, dass ich dich nicht mehr sehen darf, wenn ich dir nicht helfe.« Ich nahm eine Ladung voll Mist und hievte sie auf den Karren.

»Mann, ist das schwer«, ächzte ich nach einer Weile und rieb mir meine brennenden Arme, »und wir haben erst die Hälfte.«

»Sieh es positiv«, auch Tyam wischte sich den Schweiss aus der Stirn, »wir müssen nur noch noch mal die gleiche Menge schaufeln. Danach kommt der entspannende Teil. Wir müssen die Ladung noch ausliefern und abladen.« Er grinste mich an und begann wieder zu schaufeln.

»Wer schneller ist, gewinnt!« lachte ich und schaufelte, was das Zeug hielt. Tyam tat es mir gleich. Jetzt flog der Mist nur so durch die Luft und verteilte sich überall. Auf dem Boden, dem Karren, der Wiese nebenan und auf unseren Kleidern. Alles wurde braun und begann zu stinken. Uns störte das nicht. Nach gefühlten Stunden hob Tyam zum letzten Mal eine volle Schaufel auf den Karren. Jetzt war der Wagen voll und wir fertig. Er liess die Schaufel und sich fallen. Ich lag schon am Boden und schnaufte. Nach einer Weile fragte ich: »Wer hat jetzt gewonnen?«

»Ist mir egal.« Tyam winkte mit der Hand ab.

»Holen wir uns einen Lastdrachen.«

Nach ein paar Minuten war das breite, braune Tier eingespannt und kaute friedlich auf Gras herum. Wir stiegen auf und fuhren los.

Ein nasser Abstecher

Der Drache schnaubte stark, als er denn vollen Mistwagen den Hügel hinauf zog. Unser Ziel war ein Dorf in der Nähe. Ein Bauer hatte nach dem Mist gefragt und wir lieferten. Die Fahrt verlief schweigend, Tyam lenkte den Drachen.

Die Sonne brannte auf mein helles Gesicht und ein paar Vögel zwitscherten in den Bäumen. Wir fuhren durch einen kleinen Wald, der direkt nach der Laoma-Steppe kam. Wie der Wald hiess, wusste ich nicht. Etwas mit L oder M. Oder war es mit E? Moment. Dachte ich gerade über einen Wald nach? Mann war mir langweilig. Die Langeweile verflog schnell, als ich einen kleinen Tümpel mit klarem Wasser entdeckte.

»Na? Lust auf ein Bad?« rief ich und schnappte mir die Zügel, ehe Tyam reagieren konnte. Ich lenkte den Drachen nach rechts in Richtung des Tümpels und liess ihn galoppieren.

»He! Ori, hör auf!« schrie er panisch und versuchte die Zügel zu bekommen. Ich liess nicht locker und der Wagen rumpelte über Steine und der Mist fiel auf die Wiese. Der Drache rannte weiter, und als er sah, wohin er rennen sollte, machte er eine Vollbremsung. Und genau das wollte ich. Der Wagen stoppte und wir flogen direkt in den Tümpel.

Das kalte Wasser fühlte sich so gut an. Es wusch den Mist weg und damit auch alle Sorgen. Ich strampelte mit den Beinen und schoss an die Wasseroberfläche. Tyam erschien ebenfalls. Er sah mich schockiert und grimmig an.

»Was fällt dir ein Ori? Du hättest mich fast umgebracht, so einen Schock hatte ich.«

»Tut mir leid, aber du brauchtest dringend ein Bad. Und es hat doch auch Spass gemacht oder?« Ich grinste ihn an und erhielt eine volle Ladung Wasser ins Gesicht. Mein Grinsen wurde mit dem Wasser weggewaschen. Während ich mir das Wasser aus den Augen rieb, lachte sich Tyam kaputt.

»Du hättest dein Gesicht sehen sollen, einfach nur zum Tod lachen!«

Ich spritze ihn ebenfalls voll.

»Wer zuletzt lacht, lacht am besten!«, rief ich und schwamm zurück.

Nass, müde und sauber setzten wir uns wieder auf den Wagen. Tyam lenkte den Drachen zurück und es ging weiter. Schon nach kurzer Zeit erreichten wir das Dorf. Es war klein und bestand aus einzelnen Holzhäuschen, die in einem Kreis um den Dorfbrunnen standen. Wir fanden den Bauer ziemlich schnell und überreichten ihm den Wagen. Da der Wagen ihm gehörte, ritten wir zu zweit auf dem Lastdrachen nach Hause. Ich vorne und Tyam hinten. Er liess mich natürlich vor, da ich der bessere Drachenreiter war als er, aber das wollte er ja nicht zugeben.

Die Sonne verfärbte den Himmel bereits orange, als wir Laoma erreichten. Ich verabschiedete mich von Tyam und ging nach Hause. Gerade als der letzte Sonnenstrahl verschwand, betrat ich das Haus und roch den milden Geruch einer Tomatensuppe. Mein Vater sass beim Küchentisch und las in einem Buch. Es war der Lieblingskrimi von ihm. Er sah auf die Uhr und dann auf mich.

»Gerade rechtzeitig. Wärst du so lieb und holst den Suppentopf?« Ich nahm den Topf vom Feuer weg und stellte ihn auf den Tisch. Dann nahm ich zwei Löffel voll und leerte die rote Brühe in meinen Teller. Mein Vater tat es mir gleich.

Gerade als ich den fünften Löffel in meinen Mund schob, legte mein Vater seinen Löffel hin und sah mich mit grauen Augen an.

»Und, wie war dein Tag?«

»Er war schön«, begann ich mit vollem Mund, »wir haben Mist geschaufelt und ihn abgeliefert.« Ich erzählte voller Eifer, was ich gemacht habe. Mein Vater unterbrach mich kein einziges Mal und ein Lächeln zeigte sich auf seinem Gesicht, als ich ihm von unserem Bad erzählte. Als ich fertig war, war der Suppenrest kalt und meine Wangen rot. Mein Mund öffnete sich und ein herzhaftes Gähnen kam langsam raus. Mein Vater schmunzelte nur.

»Du bist ja müde meine Kleine. Ab ins Bett mit dir. Ich mach die Küche schon. Mach dir da keine Sorgen.«

Ich stand auf, ging zu ihm und umarmte ihn. Er gab mir einen Kuss auf die Stirn und sagte: »Schlaf gut, mein Drachenreiter.« Ich ging nach oben, noch kurz in das Bad und danach direkt in das Bett. Sofort fielen mir die Augen zu.

Zwei Stunden später, als er sicher war, dass Ori schlief, legte Louis Hadley sein Buch zur Seite, zog sich an und ging nach draussen. Behutsam zog er die Tür zu und ging zu einer Kneipe, in der Nähe der Verbindungstreppe. Es waren nur noch vereinzelte Menschen auf der Strasse zu sehen. Händler, die ihre Stände abbauten. Er betrat die Kneipe. Es war ein älteres Gebäude, mit braunem Muster und schmutzigen Fenstern. In der Kneipe sassen vor allem ältere Leute. Menschen, die mit ihm älter geworden waren und einen Männerabend machten. Die meisten hier hatten Familie, Kinder und einen gut bezahlten Job. Mit seinen weissen Haaren sah Louis Hadley viel älter aus, als er war.

Er setzte sich an einen Tisch beim Fenster, bestellte ein Bier und betrachtete stumm die Flamme der Kerze vor sich. Seine Gedanken schweiften zu Ori. Wie würde ihre Zukunft aussehen? Musste er ihr eines Tages beichten, dass sie nicht seine Tochter war? Würde sie ihm verzeihen, oder nicht?

»He, Louis, alles in Ordnung?« Er sah hoch in die braunen Augen von Thomas. Er trug seine Uniform noch, aber keine Waffen bei sich. Er hatte wohl seine Schicht hinter sich. Thomas war der Patrouillenleiter Laomas. Sie besuchten zusammen die Rekrutenschule und dann gingen ihre Wege auseinander. Louis wurde General im Krieg und Thomas wurde hier Leiter. Sie hatten erst wieder Kontakt, als Louis mit Ori nach Laoma zog. Manchmal trafen sie sich hier.

»Ja, alles in Ordnung. Ich bin nur in Gedanken vertieft«, sagte er müde und sah wieder die helle Flamme der Kerze an.

»Geht es um Ori?«, fragte Thomas und setzte sich zu Louis.

»Ja. Sie wird bald elf Jahre alt. Sie ist kein kleines Mädchen mehr. Die meisten Mädchen in ihrem Alter werden verheiratet.« Begann Louis und seufzte tief.

»Ich habe Angst um sie, weisst du? Ich wünsche ihr von Herzen ein besseres Leben, als ich es habe. Sie sollte eine Familie gründen, Arbeit haben und einen Mann, den sie lieben kann.«

Thomas sah Louis verständnisvoll an.

»Ja. Ich kenne das Gefühl. Auch meine elfjährige Tochter heiratet bald. Am Anfang hatte ich Angst um sie. Ist er der Richtige? Würde sie ihn akzeptieren? Und jetzt freut sie sich sehr auf ihre Hochzeit. Ihr zukünftiger Ehemann ist Gemüsehändler und hat ein Haus hier in Laoma. Wenn du einen Mann für Ori suchst, probiere es in der Stadt Janha. Dort soll es viele Singles geben.« Er zwinkerte Louis zu, wurde aber wieder ernst.

»Du hast Angst, dass sie eine von denen ist, nicht wahr?«

Er nickte müde.

»Eines Tages wird sie erfahren, was damals mit ihr und ihrer Mutter passiert ist.«

Thomas erhob sich und übergab Louis einen Brief.

»Ach übrigens. Der Bürgermeister von Janha braucht deinen guten Rat in der Stadt. Heute kam der Brief, dass er dich braucht. Noch einen schönen Abend und viel Glück.« Er hob die Hand zum Gruss und trat aus der Bar.

Louis verlies die Bar ebenfalls, sein halb volles Glas Bier blieb auf dem Tisch stehen. Bald war er wieder zu Hause und ging zu Bett.

Noch lange grübelte er, gingen ihm Fragen durch den Kopf. Warum brauchte der Bürgermeister von Janha ihn?

Als der Hahn um sieben Uhr krähte, sass Louis in der Küche und kochte Kaffee. An Schlafen war nicht mehr zu denken, darum stand er so früh auf. Am Boden lag schon die gepackte Reisetasche, mit Kleidern und Nahrungsmitteln.

Es dauerte nicht lange, bis ich die Treppe runter gestürmt kam. Ich ging in die Küche und grinste meinen Louis an. Dann fiel mein Blick auf die Tasche und das Grinsen erlosch.

»Warum hast du gepackt?", fragte ich skeptisch.

»Gehen wir weg?«

»Ja, Ori. Wir gehen weg. Ich habe einen Auftrag bekommen. Der Bürgermeister von Janha will mich sehen. Wir reisen noch heute ab.«

»Wir gehen weg von hier? Wie lange?«

Louis sah die Freude in ihrem Gesicht.

»Ich weiss nicht wie lange. Aber ein paar Tage schon.«

»Darf ich mit Niak reiten?", fragte ich voller Abenteuerlust.

»Nein. Wir reiten auf Pferden«, sagte Louis streng.

»Aber warum?", fragte ich traurig.

»Weil in Janha Drachen nicht gerne gesehen werden. Und wir haben nicht genug Geld, um einen Stall für Niak zu mieten. Pferde sind günstig. Und so wird es bleiben. Punkt.«

Ich wollte schon den Mund öffnen, um zu protestieren, schloss ihn aber wieder, da Widerrede keinen Sinn hatte. Ein paar Minuten später sassen wir auf zwei schönen Pferden und trabten aus der Stadt. Ich war sichtlich aufgeregt, denn ich war noch nie so lange und so weit geritten wie diesmal. Die grobe Landschaft zog an uns vorbei, Sträucher, grosse Grassteppen und vereinzelte Bäume. Vögel zwitscherten und ein Fuchs überquerte unseren Weg. Es wurde Mittag, Nachmittag, und als die Sonne gerade untergehen wollte, erschien vor uns die kleine Stadt.

Überraschung im Wald

Vor uns zeigte sich die Stadt Janha. Es waren viele einzelne Steinhäuser, die um einen Dorfbrunnen gebaut waren. Die Stadt erstreckte sich neben einem breiten Fluss. Eine hohe Stadtmauer umschloss das Ganze. Die Stadt war klein, verglichen mit Laoma und flach. Keine Verbindungstreppen, keine Ringstrassen, keine Nebenringe. Es gab Hauptstrassen, Nebenstrassen und einen breiten Bach, der quer durch die Stadt floss und in den breiten Fluss mündete.

Wir ritten durch das Stadttor und suchten eine Herberge. Wir fanden eine und nahmen ein Zimmer mit Doppelbett. Wir würden nicht lange bleiben, hatte mein Vater gesagt, da er sicher ein Haus vom Bürgermeister bekommen würde.

Vater ging kurz darauf in die nächste Kneippe und mir wurde langweilig in dem kleinen Zimmer. Darum ging ich nach unten auf die Strasse. Der Himmel war rot und die Strasse war noch belebt von den Verkäufern und Mütter mit ihren Kindern.

Mein Blick fiel auf eine junge Frau. Sie hatte ihre langen, blonden Haare unter einem Kopftuch versteckt. Sie war kleiner als ich und sah nicht älter als zwölf aus. Auf ihrem Arm trug sie ein kleines Kind. Sie kam auf mich zu und sah mich verwundert an.

»Was machst du denn hier, so alleine?«, fragte sie mich, während sie das Kind in den Armen wiegte.

»Ich geniesse den Sonnenuntergang.«

»Wie alt bist du?", fragte sie mich neugierig.

»Elf, wieso?«, fragte ich skeptisch. Warum wollte ein junges Mädchen wie sie, mein Alter wissen?

»Wo ist denn dein Mann?« Ihr Blick schweifte suchend umher.

»Mein Mann?«, fragte ich erstaunt.

»Ich habe keinen.«

»Wie, du hast keinen?!« Sie riss ihre Augen auf, als wäre ich Dagon persönlich.

»Bist du denn nicht verheiratet?«

»Nö. Warum sollte ich?«

»Jedes Mädchen in deinem Alter ist doch verheiratet. Es ist schon fast anormal, wenn du noch keinen Mann hast.«

»Agnes!« rief eine männliche Stimme. Agnes drehte sich um und ein Mann mit Bart kam auf uns zu. Als er bei uns ankam, umarmte er sie und sie küssten sich. Dann hob er das Kind hoch und streckte es stolz vor sich.

»Hallo Sohnemann. Wie geht es dir?« Er küsste das Kind sanft auf die Stirn. Dieser Mann war anscheinend Agnes Ehemann. Und das Kind ihr Sohn. Der Mann war mindestens 25. Ein Schmied oder anderer Handwerker.

»Komm Agnes. Wir gehen nach Hause. Die Küche wartet auf dich.« Er nahm sie an der Hand und führte sie weg. Sie winkte mir noch einmal zu und ich ging in die Herberge.

Spät in der Nacht kam mein Vater Louis nach Hause. Ich hörte ihn nur kurz und schlief wieder ein. Am Morgen gingen wir frühstücken und Vater ritt sogleich auf die Arbeit. Er hatte einen Job als Stadtwächter erhalten, ein General wurde dringend gebraucht. In ein paar Tagen würden wir in ein eigenes Haus oder eine kleine Wohnung umziehen.

Ich ging nach draussen und entdeckte einen Wald neben der Stadt. Sofort überkam mich die Entdeckerfreude und so ging ich in den düsteren Wald. Das Laubdach war dicht und dunkel, es schien, als sei bereits Dämmerung. Der Weg wurde immer schmaler und steiniger, das Vogelgezwitscher hörte auf. Ich hörte nur ein paar Grillen, die im hohen Gras zirpten.

Plötzlich grollte ein tiefes Brüllen durch den Wald. Vögel flogen aufgeschreckt davon und das Zirpen hörte schlagartig auf. Ein Fuchs rannte an mir vorbei, ängstlich und aufgewühlt, als würde ihn etwas verfolgen. Leise ging ich weiter und versteckte mich hinter Bäumen. Vorsichtig schlich ich mich bis zu einer kleinen Lichtung und was ich dort sah, verschlug mir den Atem. Auf der Lichtung sass ein schwarzer Drache. Er war mindestens zehn Meter lang, hatte zwei mächtige Flügel und das Schwanzende zierte ein langer Stachel. Der Kopf war schmal und sass auf einem langen Hals. Auf dem Kopf trug er zwei nach hinten gebogene Hörner und zwei blutrote Augen schauten auf seinen hinteren linken Fuss. Aus dem Fuss ragten mehrere scharfe Krallen hervor. Dort wo sein Fuss den Boden berührte, war das Gras rot. Ich sah genauer hin. Es war Blut.

Jetzt fiel mir auf, dass der Fuss in einer Falle steckte. Mehrere Metallzacken bohrten sich in die schwarzen Schuppen. Der Drache riss sein Maul auf und ich sah seine vielen Zähne. Ein weiteres Brüllen durchbrach die Stille. Das Brüllen war wütend, schmerzerfüllt und traurig. Er wollte sich bewegen, doch mit jeder Bewegung bohrten sich die Zacken tiefer in das Fleisch. Ich musste ihm helfen. Ich wusste, dass wilde Drachen sehr gerne Menschen fressen oder töten. Einen wilden Drachen zu beruhigen oder zähmen galt als unmöglich. Doch ich musste es versuchen. Leise schlich ich mich durch das Dickicht, bis ich ganz nahe bei der Falle war. Sein Schwanz peitschte nervös hin und her.

Ich zählte bis auf zehn und rannte los. Der Drache fauchte, als er mich sah, und griff mit seinen Krallen nach mir. Ich duckte mich und wich seinem Schwanz aus. Als ich nur noch ein paar Schritte entfernt war, sah ich seinen Kopf. Sein Maul war offen und heisses Feuer entwich aus seinem Rachen. Ich warf mich auf die Falle, drückte den Arretierhebel nach unten, der die Zacken löste, und schon spürte ich eine starke Hitze an meinem Rücken. Dort wo ich vorher noch stand, befand sich ein schwarzer, verbrannter Fleck. Ich kauerte mich zusammen und wartete.

Als nichts weiter geschah, öffnete ich ein Auge und sah, wie der Drache seinen Fuss aus der Falle zog, mich ansah und die Wunde leckte. Als immer noch nichts passierte, öffnete ich das zweite Auge und nahm die Hände weg. Er sah mich kurz an und leckte weiter. Anscheinend sah er in mir keine Gefahr mehr. Ich setzte mich auf und beobachtete den Drachen. So wie er da sass und sich den Fuss putze, sah er ganz niedlich aus.

Er drehte den Kopf zu mir und sah mich an, als würde er sagen, du bist ja immer noch hier. Ich blieb sitzen und sah ihn weiter an. Langsam streckte er seinen Hals zu mir und beschnupperte mich mit seiner grossen Nase. Warme Luft kam aus den Nüstern und kitzelte mich am Hals.

»Hör auf, das kitzelt.« Lachte ich und wollte seinen Kopf wegschieben, aber er beschnupperte mich weiter. Als ich wieder seinen Kopf wegschieben wollte, berührte ich seine warmen Schuppen. Meine Hand verharrte auf seinem Kopf. Vorsichtig fuhr ich mit meiner Hand an seinem Hals entlang und er liess es geschehen. Ich streichelte ihn immer weiter, bis er anfing, zu schnurren wie ein kleines Kätzchen.

»Na? Gefällt dir das?«, fragte ich ihn. Er stupste mich an, als hätte er meine Frage verstanden und dass das Stupsen einem Ja gleichkommen würde. Ich stand auf und streichelte in weiter. Ich fuhr über seine muskulösen Flanken und über seinen Rücken. Es fühlte sich warm an, mächtig und stolz. Als ich ihm über den Brustkorb fuhr, spürte ich sein Herz schlagen. Ich fuhr weiter nach oben und spürte einen langen Striemen. Vorsichtig ging ich näher und sah eine lange Narbe, als wäre er einmal gefesselt gewesen.

»Bist wohl abgehauen. Aber wieso?«, sagte ich zu mir selbst. Denn so alt war er noch nicht, dass er seinen früheren Reiter verloren hatte. Er war noch ziemlich jung.

»Du hast eine schwere Zeit hinter dir«, murmelte ich. Er schnurrte und stupste mich liebevoll an.

»Mein Leben war nicht schwer, aber ein wenig umständlich«, begann ich und erzählte ihm alles. Von meinem Vater, von Tyam, von Niak und Laoma. Er hörte mir zu und nickte zustimmend. Als die Sonne langsam unterging, verabschiedete ich mich und ging. Aber nicht, ohne ein Versprechen zu geben, ihn morgen wieder zu besuchen kommen. Ob er mich verstanden hatte, wusste ich nicht.

Als ich wieder im Hotel war, sass mein Vater auf dem Bett und zog sich die Schuhe an.

»Wie war dein Tag?", fragte er mich, ohne aufzusehen.

»Es war schön. Ich war im Wald spazieren und habe mir die Stadt angesehen.« Erzählte ich voller Freude. Von dem Drachen erzählte ich noch nichts. Er sah kurz auf und band sich die Schuhe. Danach gingen wir Abendessen.

Während des Abendessens war mein Vater sehr still. Er strahlte nicht mehr Freude aus wie sonst, sondern Sorge. Ich fragte ihn mehrmals, was los sei, aber er wich mir immer wieder aus. Ich liess es bleiben. Später gingen wir todmüde ins Bett und ich schlief sogleich ein.

Die Höhle

Früh morgens ritt Louis Hadley zur Stadtverwaltung und meldete sich wieder zur Arbeit. Eine ältere Frau in einem grünen Kleid fing Hadley am Eingang ab und führte in die Vorhalle der Stadtverwaltung. Sie bat ihn um ein wenig Geduld, er sollte bitte warten. Geduldig wartete Louis Hadley in der kleinen Halle. Schlenderte ein wenig umher, bis sich eine Tür öffnete. Ein dicker Mann mit braunen Haaren, spitzem Bart und einem grauen Hemd trat durch den Türrahmen.

»Louis!« Rief er und reichte Hadley seine schwere Pranke.

»Wie geht es altes Haus? War die Reise unbeschwert? Ich hoffe doch.« Er lächelte Louis Hadley freundlich an.

»Ja, die Reise verlief ohne Störung, wir sind vorgestern angekommen. Man sagte mir, dass du erst heute von einem fernen Grenzposten anreisen würdest. Warum hast Du mich hergebeten Koin?«

»Nun ja. Es gibt da ein kleines Problem", begann er und führte Louis Hadley durch eine andere Türe in den benachbarten grossen Saal. Der Saal war voll von Rittern, die auf ihre Aufträge warteten.

»Unser General ist im Wald verunglückt.«

»Was ist denn passiert?«, wollte Hadley wissen. Koin versuchte, den Vorfall herunterzuspielen, es so zu erzählen, als wäre es nichts Schlimmes, aber es gelang ihm nicht.

»Nun, ähm, er wurde gefressen.«

»Gefressen? Von was denn? Einem Bären?«

»Nun, es ist nicht gerade ein Bär, es ist ein bisschen grösser. Ein bisschen sehr viel grösser«, sagte Koin und kratze sich unschuldig am Kopf.

»Nun sag schon, spann mich nicht so auf die Folter. Was war es?«, fragte Hadley sichtlich genervt.

»Es war ein Drache.«

»Ein was?« Hadley war erstaunt. Drachen waren sehr selten geworden. Und wenn Drachen Menschen frassen, dann war es entweder ein wilder Drache oder einer, bei welchem der eigentliche Reiter tot war.

»Was für ein Drache war es?«, wollte Hadley wissen und versuchte sich zu beruhigen.

»So wie es aussah, war es ein Schattendrache. Ein junger, wilder. Er hat schon viele von uns auf dem Gewissen.« Schattendrachen gab es seit dem Ende der Schattenwesen nicht mehr. Warum lebte noch einer? Was wollte er hier? Schattendrachen waren nie ohne Grund an einem Ort.

»Gut. Ich verstehe schon. Du willst, dass ich Jagd auf einen Schattendrachen mache und ihn töte«, seufzte Hadley.

»Genau!", rief Koin und klatschte freudig in die Hände.

In den darauf folgenden Stunden machte Louis Hadley Bekanntschaft mit den Rittern von Janha. Es waren nach seiner Ansicht mehrheitlich Nieten, Stümper oder Versager. Sie waren sichtlich nicht in der Lage das Problem selbst zu lösen. Aber sie alle hatten Teamgeist und Durchhaltevermögen und waren bereit für ihre Stadt zu sterben.

Am Nachmittag studierte Hadley die letzten Aufenthaltsorte des Drachen und stellte einen Schlachtplan auf. Morgen nach Sonnenaufgang würde mit der Jagd begonnen werden. Hoffentlich war dieses Biest bald erledigt.

Louis Hadley trank gerade einen Kaffee, als Koin auf ihn zukam. Er setzte sich neben Hadley, vorsichtig als würde der Stuhl gleich zerbrechen.

»Ich habe gehört, du hast eine Tochter dabei.«

»Ja, Ori. Warum willst du das wissen?« fragte Hadley und nahm noch einen Schluck des heissen Kaffees. Er war gut.

»Ich habe ja einen Sohn. Der kleine Udo. Er ist 17 Jahre alt.« Er fixierte einen Punkt in der Ferne und lächelte stolz. Dann sah er Hadley wieder an und fragte: »Wie alt ist deine Tochter schon, wenn ich fragen darf?«

»Sie wird bald zwölf«, Hadley wollte noch mehr sagen, aber Koin unterbrach ihn.

»Perfektes Alter, um zu heiraten. Wann wollen wir die beiden verheiraten? Morgen? Übermorgen? Oder doch lieber erst in einer Woche.«

»Ich weiss nicht so recht, ob es das Richtige ist. Ori ist noch so jung und ein Wirbelwind. Ich frage mich, ob sie mit Udo klarkommen würde«, sagte Hadley sichtlich besorgt.

Er machte sich wirklich Sorgen. Schon früher hatte Ori immer davon geträumt, einmal General zu werden oder ein Ritter. Würde ihr Traum jetzt einfach platzen?

»Mach dir da keine Gedanken", warf Koin ein. »Mein Junge wird sie sicherlich mögen. Er ist selber ein kleiner Rabauke. Ich werde es ihm gleich sagen.«

Und schon war der dicke Mann fort. Hadley aber zerbrach sich den Kopf um Ori. War es das Richtige? Würde sie es akzeptieren und Udo heiraten?

Als es Abend wurde, ging Louis Hadley in das Hotel, das im Moment ihr Zuhause war. Ori traf nur kurz nach ihm ein. Sie erzählte, dass sie im Wald war. Dort wo der Drache sein Unwesen trieb. Morgen würden sie ihn jagen und finden. Er würde seinen Kopf an seiner Wand aufhängen und die Hörner teuer verkaufen. Daraus konnte man teure Medizin herstellen.

Am nächsten Morgen stand Hadley früh auf und ging zur Arbeit. Ori schlief noch in ihrem Bett. Sie sah so klein aus. Schutzlos, einsam und ängstlich. Dabei war sie das genaue Gegenteil. Mutig, frech und ein sturer Esel dazu. Er lächelte, als er ging. Und dieses Mädchen würde er verheiraten.

Bei der Stadtverwaltung angekommen, waren alle Ritter bereits auf ihre Pferde aufgestiegen, die Bögen waren gespannt und die Köcher mit Pfeilen bestückt, die Schwerter geschliffen. Louis Hadley trug seine alte Rüstung. Silbernfarben und mit dem Generalabzeichen. Sein Schwert steckte an seiner Seite und glitzerte. Das Pferd scharrte unruhig. Wie er dieses Gefühl vermisst hatte.

»Männer!", rief er.

»Hört mich an. Heute machen wir Jagd auf unseren grössten Feind. Den Schattendrachen!« Ein Jubeln durchbrach die Menge, Lanzen wurden in die Höhe gereckt und die Pferde wieherten. Hadley gab seinem Pferd die Sporen und ritt los. Hinterher folgten zwei Dutzend Ritter.

Sie ritten tief in den Wald hinein und folgten der Karte. Sie suchten und suchten überall, aber fanden keine Spur. Kein Blut, keine Schuppen, nicht einmal ein Kratzer in der Rinde eines alten Baumes. Auch sahen sie keine toten Tiere oder verbrannte Bäume. Der Wald war so friedlich wie an jedem anderen normalen Sommertag auch. Aber die Truppe gab nicht auf und suchte weiter.

Als die Sonne schon beinahe ihren höchsten Stand erreicht hatte, ging ich zurück in den Wald. Ich hatte dem Drachen schliesslich versprochen, ihn wieder zu besuchen. Das tat ich auch. Ich fand ihn wieder bei der gleichen Lichtung, wie gestern. Er begrüsste mich mit einem Schnurren. Ich ging zu ihm hin und streichelte erst einmal seinen Kopf und Hals. Er genoss es sichtlich und schnurrte. Als ich fertig war, leckte er mir über das Gesicht. Meine linke Hälfte war jetzt voller Schleim.

»Igitt!", rief ich und wischte mir mit einem Ärmel die Wange sauber. Der Drache aber rollte sich auf den Rücken und stiess ein hustendes Geräusch aus. Er lachte mich aus. Ein Drache lachte mich aus! Das liess ich mir nicht länger bieten und kletterte auf seinen Bauch. Dort begann ich ihn zu kitzeln. Er wehrte sich, schüttelte seinen Körper und versuchte mich mit seinem Schwanz runter zu drücken. Ich lief auf seinem Bauch zu seinem Hals und klammerte mich fest. Er stand auf und schüttelte, was das Zeug hielt. Mit grösster Mühe konnte ich mich festhalten. Langsam beruhigte er sich und ich rutschte seinen Hals hinab, bis zu seinen Schultern. Dort sass ich nun. Auf einem Drachen. Ich ritt gerade einen Drachen! Dieser Drache war kein Vergleich zu Niak.

»Ich brauche noch einen Namen für dich«, sagte ich zu ihm. Er drehte den Kopf zu mir und sah mich erwartungsvoll an.

»Wie möchtest du heissen?«

Er öffnete seinen Mund und zischte etwas.

»Was? Shine? Shein? Shyra? Shyra also? Das ist dein Name? Finde ich gut. Mein Shyra.« Ich umarmte den Hals des Drachen. Er drehte seinen Kopf wieder um und ging mit mir in den Wald hinein. Ich konnte es noch immer nicht fassen, ich ritt gerade einen wilden Drachen!

Er weiter ging in den Wald hinein. Es wurde dunkler und wilder. Die Blätter überdeckten sich gegenseitig und liessen kein Sonnenlicht mehr durch. Ich fragte mich, wo er mich hinbringen wollte, bis ich ein Rauschen hörte. Es wurde immer lauter und stärker, bis wir aus dem Dickicht herausritten und einen grossen, hellblauen, fast weissen Wasserfall sahen. Unter dem Wasserfall war ein kleiner Teich. Durch das weisse Wasser konnte ich pinke Fische ausmachen. Die Pflanzen an dem Teich schimmerten Silber, pink und violett. Es war einfach nur zauberhaft.

Mit grossen Augen bewunderte ich die Lichtung. Shyra drehte den Kopf und sah mich an, als wollte er sagen, ich wusste, dass es dir gefällt. Bevor ich irgendetwas sagen konnte, rannte er auf den Wasserfall zu, sprang, breitete seine Flügel aus und flog durch den Wasserfall hindurch. Weisses Wasser prasselte auf meinen Kopf und Schultern. Shyra schoss hindurch und landete auf einem hellblauen Steinboden. An den Wänden leuchteten grüne Pilze und gelbes Moos wuchs an den Wänden. Es gab weisse Knospen, die hell leuchteten und die Höhle erhellten. Kleine Glühwürmchen in allen Farben schwirrten umher.

Shyra senkte seinen Kopf und ich stieg ab. Mit grossen Augen bewunderte ich die Höhle. Hinten am Boden lag ein Haufen Moos. Shyra legte sich hin und kratze sich hinter den Ohren.

»Hier hast du die ganze Zeit gelebt«, murmelte ich. Der Platz war perfekt. Abgelegen, versteckt und irgendwo im Nirgendwo.

Ich verbrachte den Rest des Tages bei Shyra. Als ich ihm klarmachte, dass ich gehen musste, brachte er mich zurück zur Lichtung. Ich umarmte ihn zum Abschied und ging nach Hause.

Ein unglückliches Wiedersehen

Es war Mittag, als ich wieder zu Shyra gehen wollte. Vor dem Hotel traf ich auf einen kleinen, jungen Mann. Er trug einen schönen Anzug und sah aus, als wollte er auf eine Hochzeit gehen. Er hatte blondes, nach hinten gekämmtes Haar, blaue Augen, Biberzähne und grosse Ohren. Seine Nase war ein einziger Knollen und er schien mir sehr klein. In seinen grossen Händen hielt er einen Blumenstrauss.

»He du!« rief er mit hoher, näselnder Stimme.

»Bist du Ori Hadley?«

»Ja, wieso?«, fragte ich und betrachtete den Typen. Er kam auf mich zu, nahm mich in den Arm und wollte mich küssen. Ich drückte sein Gesicht weg von mir und machte einen Schritt zurück.

»Was sollte das denn?", schrie ich ihn an.

»Was fällt dir ein, mich küssen zu wollen? Wer bist du überhaupt.«

Er sah mich irritiert an.

»Ich bin Udo Maxer. Ich bin der Sohn von Koin Maxer. Der Bürgermeister, du weisst schon.«

»Und warum wolltest du mich küssen?«, fragte ich immer noch wütend.

»Weil ich dich heiraten werde.«

Diese Worte brannten sich in meinen Kopf ein. Dieser Idiot wollte mich heiraten. Aber wollte ich das? Hat man mich gefragt? Nein. Niemand hatte mich gefragt, oder irgendetwas zu mir gesagt. Er nahm meine Hand und ich schlug sie ihm ins Gesicht.

»Au!", rief er. Udo erhob schon seine Hand, um den Schlag zu erwidern, als ich meinen Vater um eine Ecke biegen sah. Sofort rannte ich zu ihm.

»Papa, dieser Typ will mich heiraten! Er wollte mich gerade küssen!« Ich zeigte auf Udo, der mich fassungslos ansah.

»Sag ihm, dass er das nicht darf!«

Ich wollte mich noch weiter beschweren, als er mich unterbrach und mit ernster Stimme sagte: »Ich habe deine Hochzeit veranlasst. Ich war es, der ihm die Erlaubnis gab.«

»Was?«, flüsterte ich. Mein eigener Vater beschloss hinter meinem Rücken, meine Hochzeit. Ich wollte das nicht. Nicht mit diesem Kotzbrocken. Ich war doch erst elf. Mir kamen die Worte des Mädchens vor einigen Tagen in den Sinn. Dass jedes Mädchen in meinem Alter verheiratet ist.

Ich wollte wegrennen, mich verstecken, fliehen, aber mein Vater hielt mich an dem Arm fest.

»Ori. Du bleibst hier«, sagte er sanft und liebevoll.

»Nein! Ich will nicht!« Schrie ich und eine Träne rollte über meine Wange.

»Ori", ermahnte er mich, »du bleibst hier. Du wirst Udo heiraten, ob du willst oder nicht.« Seine Stimme wurde ernst und sein Griff wurde stärker.

»Aua! Du tust mir weh! Lass mich gehen!«, flehte ich und ein Bach aus Tränen tropfte auf den staubigen Boden.

»Nein Ori!« Jetzt schrie auch mein Vater. Ich erschrak. Er hatte mich noch nie angeschrien.

»Du bleibst hier. Es ist das Beste für dich, glaube mir.« Seine Stimme war wieder so ruhig wie immer.

»Ich will aber nicht!« Ich zerrte an meinem Arm, wollte mich losreissen, ich schlug und trat um mich, aber Louis blieb stur. Sein Griff lockerte sich nicht. Meine Wut und Verzweiflung stieg.

»Du bist so gemein!", schrie ich ihm ins Gesicht. Seine grosse, breite Hand flog auf meine Wange zu. Es gab einen Knall und meine Backe brannte. Er hatte mich geschlagen. Mein Vater hat seine Hand gegen mich erhoben. Er hatte mich noch nie geschlagen. Ich weinte bitterlich. Meine Schluchzer hallten durch die Stadt und meine Tränen hinterliessen dunkle Flecken im Boden.

Plötzlich liess der Druck an meinem Handgelenk nach. Ein Kreischen ging durch die Stadt und ein Schatten legte sich über die Häuser und Strassen. Ich sah hoch. Alle sahen in den Himmel und zeigten mit den Fingern auf etwas. Ich sah genauer hin und entdeckte meinen Freund, den Drachen Shyra, der hoch über der Stadt seine Kreise zog. Er brüllte und fauchte. Als er mich sah, klappte er seine majestätischen Flügel zusammen und landete direkt vor mir und Vater.

Mein Vater starrte den Drachen an, wie alle anderen. Shyra fauchte, was das Zeug hielt, und sah meinen Vater mit roten Augen an. Das Geräusch galoppierender Pferde liess mich umdrehen. Hinter uns kamen die Ritter auf Pferden, die Bögen gespannt. Sie wollten Shyra umbringen, keinen Zweifel. Shyra war wegen mir gekommen. Er musste gespürt haben, dass ich in Gefahr war, und wollte mich beschützen.

Ich rannte zu Shyra, stoppte vor ihm und breitete die Arme aus.

»Halt Stopp! Nicht schiessen!« schrie ich. Die Ritter hielten an und sahen ungläubig auf das Schauspiel vor ihnen.

»Geh da weg Mädchen! Er ist gefährlich«, sagte ein Ritter. Ich schüttelte den Kopf.

»Wir gehören zusammen. Er ist mein Freund.«

»Unsinn. Wilde Drachen können keine Freunde von Mädchen werden«, sagte der Ritter wieder. Ich funkelte ihn böse an, ehe ich weitersprach.

»Soll ich es euch beweisen?« Mit schnellen Schritten stand ich neben Shyra und er senkte seinen Hals, damit ich aufsteigen konnte. Als ich auf seinem Nacken sass, ging ein Raunen durch die Stadt.

Die Ritter senkten ihre Waffen und sahen mich an.

»Und was jetzt?", fragte einer. Als ich antworten wollte, kam ein Bote auf einem Pferd in die Stadt galoppiert. Er war verschwitzt und müde.

»Laoma! Laoma wurde angegriffen! Von einem Feuerdrachen. Die untersten Kreise brennen lichterloh! Ihr müsst uns helfen!« Er fiel bewusstlos vom Pferd.

Tyam, schoss es mir durch den Kopf. Er wohnte in den unteren Kreisen und Niak auch! Ehe jemand etwas sagen konnte, gab ich Shyra ein Zeichen und er flog los. Wir stiegen hoch in die Lüfte und dann nach Westen, in Richtung Laoma. Ich musste Shyra nichts sagen, er konnte meine Gedanken fühlen. Das Fliegen war herrlich. Der kühle Wind wehte durch meine schwarzen Haare. Wenn es nicht um Leben oder Tod ginge, hätte ich es genossen.

Ein paar wenige Stunden später sah ich von Weitem den Hügel mit Laoma. Der unterste Ring brannte noch stark, die anderen rauchten nur noch. Voller Schrecken musste ich feststellen, dass auch der Drachenstall von Tyam brannte. Schnell flog ich nach unten und landete vorsichtig.

»Tyam, Niak!", rief ich durch das Feuer. Der Rauch brannte in meiner Lunge und meine Augen tränten.

»Ori?", rief jemand in der Nähe. Ich sah mich um. Hinter einem Stein kam Tyam hervor.

»Tyam!", rief ich erfreut und umarmte ihn.

»Wo ist Niak?«

Sein Blick wurde traurig.

»Als das Feuer ausbrach, konnten wir die Ställe nicht mehr öffnen. Alles ist zusammengebrochen. Es tut mir leid.«

Ein Wasserschwall übergoss das brennende Gebäude. Ich sah nach oben und sah, wie mehrere Wasserdrachen den Brand zu löschen versuchten.

Ein schwaches Quieken liess mich aufhorchen. Es klang wie Niak. Schnell rannte ich zu dem Ort hin und fand ihn schliesslich. Er lag nur wenige Meter von dem Gebäude entfernt auf dem Boden. Seine rechte Hälfte blutete stark und ein Teil seines Schwanzes fehlte. Ich rannte zu ihm hin und nahm seinen blutenden Kopf auf meinen Schoss. Sein Körper hing schlaff am Boden und sein Blut färbte meine Hose rot.

»Niak. Halte durch, Hilfe kommt bald.« Ich streichelte seinen Kopf und Tränen fielen auf seine orangefarbenen Schuppen. Er schnurrte und drückte seinen Kopf in meine Hand. Mit seinen grünen Augen sah er mich traurig an, als wollte er sagen: Es wird alles gut. Mach dir um mich keine Sorgen. Aber das konnte ich nicht.

»Niak, bleib bei mir! Geh nicht!«, schrie ich. Niak hob seinen Kopf, legte ihn auf meine Schultern und erschlaffte. Ein leises Ausatmen war zu hören, seine Augenlider schlossen sich und das Herz tat seinen letzten Schlag.

Niak hing schlaff in meinen Armen. Mit geweiteten Augen starrte ich auf den leblosen Körper meines Drachens.

»Niak, Nein! Nein, nein, nein! Das kannst du mir nicht antun!« schrie ich und schüttelte den Körper.

»Niak! Wach auf!« Aber er bewegte sich nicht mehr.

Die Tränen flossen mir über die warmen Wangen.

»Wieso hast du mir das angetan. Wieso musstest du sterben. Wieso ausgerechnet du.« Meine Stimme war brüchig, als ich den orangefarbenen Kopf an meine Brust drückte.

Eine warme, schuppige Schnauze berührte meine Schulter. Ich sah hoch. Vor mir stand Shyra und sah mich traurig an. Mit seiner Schnauze berührte er vorsichtig die Leiche von Niak und wollte ihn von mir wegrollen.

»Lass ihn!", schrie ich. Shyra machte einen erschrockenen Schritt zurück. Niemand sollte Niak bekommen. Ich werde ihn nicht mehr loslassen. Das Feuer wurde immer schwächer, bis es schliesslich ganz erlosch. Doch meine Tränen blieben und wollten nicht mehr aufhören. Ich weinte und weinte, bis ich schliesslich vor Müdigkeit in einen traumlosen Schlaf fiel.

Am nächsten Morgen erwachte ich mit Kopfschmerzen. Meine Augen fühlten sich trocken an, meine Haut verbrannt. Ich spürte, dass ich auf etwas Weichem lag. Es war warm und schuppig. Shyra hatte sich um mich gerollt und seinen Schwanz als Decke um mich gewickelt. Ich sah mich um. Von Niak war keine Spur zu sehen.

»Wo ist Niak?", rief ich und befreite mich aus der schuppigen Decke. Shyra erwachte ebenfalls gähnend und sah mich verwundert an. Ich wiederholte meine Frage, strenger. Shyra deutete mit der Schnauze in eine Richtung. Ich rannte dorthin. Als ich um die Kurve bog, sah ich, wie ein paar Ritter dabei waren, Niaks Leiche in ein Feuer zu werfen. Im Feuer erkannte ich weitere Laufdrachen.

»Halt, stopp!", schrie ich, so laut ich konnte und rannte zu den Rittern.

»Lasst meinen Drachen los!«

Einer drehte sich um und hielt mich fest.

»Mädchen, so beruhige dich doch. Er ist tot, du kannst nichts mehr machen.«

»Aber er gehört mir! Ich werde ihn nicht alleine lassen!« Ich befreite mich, indem ich ihm zwischen die Beine trat und rannte zu Niak. Ich packte ein Bein und zog ihn vom Feuer weg.

»Lasst ihn los!«

Der Ritter von vorhin zog sein Schwert und schwang es drohend.

»Mädchen! Geh weg! Oder muss ich handgreiflich werden?« Zischte er wütend.

»Ich gehe nicht ohne Niak!« Spuckte ich ihm entgegen.

»Nun gut. Du hast es so gewollt«, sagte er bedrohlich und hob die Hand für eine Ohrfeige.

Ein Brüllen durchbrach das Knistern des Feuers. Alle drehten den Kopf in die Richtung. Auch ich sah dorthin. Auf der Strasse stand Shyra, die Flügel gespreizt, der Schwanz schwenkend, das Maul bedrohlich offen.

»E-ein Schattendrache«, stammelten die Ritter.

»Wäre ich du, würde ich meinen Niak loslassen, sonst wird Shyra wütend.« Die Ritter liessen Niak sofort fallen und starrten mich an.

»Wer bist du?«, fragte ein Ritter ängstlich.

»Ich bin Ori Hadley und das hier,« ich zeigte auf Shyra, »ist mein Drache Shyra.«

»D-dieser Drache gehört dir?«, stotterten die drei verwundert. Ich nickte lächelnd und ging zu Shyra. Er senkte den Kopf und ich stieg auf.

Herangaloppierende Pferde erschienen hinter einem Gebäude. Auf dem vordersten Pferd sass ein General. Es war Obergeneral Malko Noragei. Seine goldene Rüstung glänzte im Sonnenlicht und die grünen Augen waren weit geöffnet. Er stieg ab und kniete vor mir nieder.

»Dann ist die Legende also wahr. Sei gegrüsst Gesegnete.«

Traurige Wahrheit

»Was?«, fragte ich entsetzt. Gesegnete, Legende? Ich verstand nichts. Der General erhob sich.

»Die Legende des gesegneten Drachenreiters. Sie wird auf einem Schattendrachen kommen und uns retten. So steht es in den Büchern. Ich habe nie gezweifelt, dass die Legende wahr ist.« Seine grünen Augen fixierten mich, als er die Hand zu mir streckte.

»Ich bitte dich. Werde meine Schülerin und rette unsere Welt.«

»Ich, ähm.« Ich war überfordert und wusste nicht, was sagen. Es war ein bisschen viel auf mich zugekommen. Gerade als ich dem General mehr fragen wollte, ritt ein braunes Pferd auf uns zu. Auf dem Pferd sass mein Vater. Sein Blick war müde und der Körper schien am Ende seiner Kräfte. Er bremste scharf vor mir.

»Ori! Komm sofort da runter. Was fällt dir ein einfach auf einem wilden Drachen davon zufliegen und deinen alten Vater zurück zulassen? Ich bin die ganze Nacht durchgeritten, wegen dir. Ich hatte Angst um dich, Ori! Was wäre passiert, wenn dich der Drache gefressen hätte?« Mein Vater war wütend. Das hörte ich sofort. Shyra liess mich absteigen und ich stand nun vor meinem Vater. Er hob die Hand und ich bereitete mich auf die Ohrfeige vor, als er seine groben Arme um mich legte. Seine Umarmung war schwer, gefühlvoll und angenehm.

»Ich hatte solche Sorgen um dich. Bitte mach das nie wieder. Versprochen?«, murmelte er und lächelte mich an.

»Versprochen.« Ich lächelte zurück und umarmte ihn erneut.

Der General räusperte sich.

»Nun, was ist deine Antwort Ori? Wirst du meine Schülerin sein?«

Ich sah zu meinem Vater.

»Nun, es ist so, der General meint, ich wäre die Erfüllung einer Legende. Darum soll ich seine Schülerin werden.«

»Ori, ich muss etwas gestehen«, begann mein Vater.

»Ich wusste schon immer, dass du etwas Besonderes bist. Das wusste ich schon, als ich dich fand.«

»Fand? Du hast mich gefunden?« Ich war erstaunt.

»Ja. Ich war auf einer Patrouille am Minakasee und fand dich in den Armen deiner toten Mutter. Um sie herum lagen verbrannte Leichen von Ornis.«

»Was?«, schrie ich. Eine Welt brach zusammen. Meine Mutter war tot. Von Ornis umgebracht.

»Ja. Du sahst so hilflos aus, darum nahm ich dich mit. Als ich dich in den Tüchern eingewickelt sah, wusste ich sofort. Du bist anders. Ich hätte es dir schon längst sagen sollen, dass ich nicht dein Vater bin. Es tut mir leid.« Er sah zu Boden und eine Träne sickerte in seinen weissen Bart.

»Ich komme in ein paar Tagen wieder«, meldete sich der General.

»Du brauchst Zeit für dich.« Mit diesen Worten stieg er auf sein Pferd und ritt davon. Die Ritter folgten ihm.

Ich sah ihm nach und ging zu Shyra.

»Ori,« rief mein Vater,

»wohin gehst du?«

»Irgendwo hin. Ich brauche Zeit für mich«, antwortete ich, ohne mich umzusehen. Ich wollte ihm nicht in die Augen schauen. Es schmerzte mich zu sehr. Ich bestieg wortlos Shyra und hob in die Lüfte ab. Ich wollte nur noch alleine sein. Alleine mit meinem Drachen und den Wolken. Der kühle Wind trocknete die Tränen und die Gedanken flogen mit den Wolken weg. Ich schloss die Augen und fühlte den Wind in meinen Haaren, spürte die strammen Muskeln von Shyra und seine warme Haut. Ich hörte seine Flügel schlagen und das Rauschen des Windes in meinen Ohren. Warme Sonnenstrahlen kitzelten meine Wangen und zauberten ein Lächeln auf mein Gesicht. Langsam öffnete ich die Augen und erblickte die Hauptstadt unter mir. Die Häuser sahen wie kleine Würfel aus und die Ringstrassen schlängelten sich um den Hügel.

Ich streckte die Arme aus und jauchzte. Es war wunderschön. Ich flog mit meinem Drachen hoch in den Lüften und schrie vor Freude. Wir wurden wilder und flogen schneller. Als wir schnell genug waren, flogen wir einen Looping. Da ich die Arme immer noch ausgestreckt hatte, verloren meine Füsse den Halt und ich fiel von Shyras Rücken.

Unter mir kam der Boden bedrohlich nahe und ich schrie panisch. In meinen Augenwinkel sah ich etwas Schwarzes und mit einem dumpfen Aufschlag landete ich wieder auf Shyras Rücken. Er sah mich an. Sein Blick sagte: Dachtest du, ich lasse dich fallen?

Ich grinste ihn an und flog wieder steil nach oben. An dem höchsten Punkt klappte Shyra seine Flügel zusammen und wir flogen wie ein Stein nach unten. Am Anfang schrie ich aus Angst und Panik, aber mir der Zeit wurde das ängstliche Kreischen zu Freudenschreien. Ich klammerte mich an Shyra und unter mir wurde der Marktring grösser. Kurz vor dem Aufschlag breitete er seine Flügel wieder aus und wir flogen ein paar Meter über den Marktständen dahin. Die Leute unter uns duckten sich schreiend und starrten uns an. Ich entdeckte den Ritter, der mich und Tyam aufgehalten hatte. Freundlich winkte ich ihm zu. Sein Mund öffnete sich zu einem grossen O. Lachend stieg ich wieder hoch und flog neben dem Ring entlang.

Erst als die Sonne unterging, landete ich wieder. Ich brachte Shyra in einem anderen, nicht verbrannten Drachenstall unter und ging nach Hause. Zu Hause angekommen, war Vater nirgends zu sehen. Ich zuckte mit den Schultern und ging in mein Zimmer. Dort öffnete ich die Truhe und nahm die Halskette raus. Das Letzte, was mir von meiner Mutter geblieben war. Ein schwarzer Drachenanhänger. Ich sah ihn mir genauer an. Er hatte Ähnlichkeiten mit Shyra. Denn gleichen Kopf, Schwanz und auch der Körperbau hatte Ähnlichkeiten. Ich legte sie an und betrachtete mich im Spiegel. Immer noch die schulterlangen schwarzen Haare, rote Augen und der grosse Körper. Meine Gesichtszüge waren noch sehr kindlich. Und ich sollte verheiratet werden.

Ich zog die Kette wieder ab und legte sie zurück. Müde ging ich ins Bett und schlief bald ein.

Es roch nach Rauch, Blut und Tod. Ich stand auf einer brennenden Wiese. Vor mir, hinter mir, überall lagen sie. Tote Ritter und Soldaten. Vor mir stand eine Person, in ihren Händen hielt sie zwei lange, dünne Langschwerter, dem japanischen Katana ähnlich. Die Klingen waren schwarz, die Griffe zierte ein roter Stein. Blut tropfte von den Klingen zu Boden. Die schwarze Rüstung war ebenfalls mit Blut besprenkelt. Ein Schnitt zog sich quer über die Wange. Das schwarze, lange Haar war zu einem Zopf geflochten und die roten Augen fixierten einen Punkt in der Ferne. Der Blick war ausdruckslos, matt und einsam. Um den Hals hing eine schwarze Kette mit einem Drachenanhänger. Die unheimliche Person senkte den Blick zu mir und ich sah mir selbst in die Augen. Diese Person war ich, nur älter.

»Was hast du getan!« Eine männliche Stimme schrie mein älteres ich an. Die Stimme klang entsetzt, traurig und verletzt. Mein Älteres ich sagte, ehe es sich zu der Stimme umdrehte: »Es tut mir leid. Ich habe versagt. Beschütze Myron. Beschütze ihn mit deinem Leben, sonst ist alles verloren.« Sie drehte sich um und hob die Schwerter, bereit für den nächsten Kampf.

Die Wiese verblasste langsam und ich erwachte schweissgebadet. Ich rieb mir die Augen und sah aus dem Fenster. Die Sonne war gerade erst aufgegangen. Langsam speicherte sich der Traum in meinem Kopf ab. Was war passiert? Warum musste ich Myron beschützen? Wer war das überhaupt?

Ich stand auf und ging nach unten. Louis sass am Küchentisch, den Kopf auf die Hände gelegt. An meinem Platz stand eine Tasse mit Honigmilch. Die kriegte ich sonst nur, wenn ich krank war. Ich nahm die Tasse und trank einen kleinen Schluck. Danach stellte ich sie wieder auf den Tisch und wollte gehen, als Louis den Kopf hob und leise sagte: »Hör auf, mich zu ignorieren. Rede mit mir, sag etwas.«

»Gut«, sagte ich gereizt.

»Dann sage ich dir etwas. Du hast mich angelogen, du hast mir immer etwas vorgespielt, das nicht stimmte! Ich habe dir immer geglaubt. Du warst mein Vorbild. Du warst mein Vater.« Mit Tränen in den Augen stürzte ich aus dem Haus. Ich hörte noch: »Ori, warte!« Dann fiel die Tür zu. Ich rannte die Strassen hinab, bis zum Drachenstall von Shyra. Ich stieg auf und flog über Laomas Ringe, ganz nach oben, bis zum Hauptquartier auf dem obersten Stadtring. Ich stieg ab und betrat das Gebäude. Ich fragte nach General Malko Noragai. Schon nach ein paar Minuten stand er vor mir.

»Du möchtest schon gehen?«, fragte er erstaunt.

»Ja. Mich hält nichts mehr hier«, sagte ich monoton.

»Gut. Ich hole nur noch kurz meine Sachen und dann holen wir meinen Drachen. Warte kurz.« Er verschwand und kam kurz darauf wieder mit einem Stoffbündel. Draussen stieg er auf ein Pferd und ritt nach unten. Ich flog ihm nach. Er ritt zum selben Stall, in dem auch Shyra die Nacht verbracht hatte. Ich betrachtete die Laufdrachen und mir kam etwas Unerledigtes, Unaufschiebbares in den Sinn.

»Entschuldigung darf ich kurz weg? Ich muss noch etwas erledigen.«

»Natürlich. Ich warte hier auf dich.« Er lächelte freundlich und ich ritt auf Shyra davon, in Richtung Drachenstall von Kaar.

Vor dem verbrannten Gebäude sass Tyam auf einem Stein und betrachtete die schwarzen Überreste seines Zuhauses. Ich stieg ab und ging zu ihm. Als er mich hörte, sah er auf. Mit grossen Augen fragte er: »Ori. Was machst du denn hier? Ich dachte, du bist bei Louis.«

»Nein. Ich gehe fort von hier.«

»Für wie lange?«

Ich sah in die Ferne und antwortete: »Ich weiss es nicht. Ich bin jetzt die Schülerin von General Malko Noragai.«

»Ich kenne ihn. Das freut mich für dich Ori.« Auch er sah in die Ferne.

»Wirklich? Ich komme vielleicht nie wieder.« Bemerkte ich und packte seinen Arm. Er sah mich an und lächelte.

»Es freut mich wirklich. Und jetzt geh.«

»Ich komme wieder. Versprochen.« Ich umarmte ihn, so fest ich nur konnte.

»Und dann machen wir wieder ein Drachenrennen«, grinste Tyam, »und ich werde gewinnen.«

»Das sehen wir dann ja.« Grinste ich, ging zu Shyra, stieg auf und flog zurück zum General.

Ein neues Leben

Wir flogen weg. Weg von Laoma, weg von meiner Vergangenheit, in Richtung Zukunft. Ich flog auf Shyra und General Malko Noragai flog auf seinem Feuerdrachen Erfa. Ein stolzes Weibchen, mit grossen Hörnern und kleinen Krallen. Ihre Schuppen waren von orange, bis blutrot gefärbt. Die Augen schimmerten grün und gefährlich. Erfa war genau wie ihr Reiter; gefährliches, wildes Aussehen aber grosses Herz. Beide konnten stur und unberechenbar sein. Es gab allerdings einen Unterschied. Der General handelte nie ohne zu denken, während Erfa instinktiv handelte. Malko hatte einen unfassbaren Humor und sah immer alles positiv. Er konnte auch ernst sein und direkt. Alles zusammen, ich mochte ihn. Wir verstanden uns schnell und redeten viel. So erfuhr ich, dass er stolzer Grossvater von vier Enkelkindern war und seine Frau vor vielen Jahren im Krieg starb. Als er Soldat wurde, kam sie mit und arbeitete als Köchin im Lager. Eines Nachts wurde das Lager überfallen und seine Frau starb. Er schwor Rache und wurde ein paar Jahre später General. Er machte sich einen Namen auf dem Schlachtfeld und hatte einen enormen Erfahrungsschatz.

Ich erzählte ihm alles. Von meinem Vater, Tyam, Niak, wie ich Shyra fand, einfach alles. Er hörte mir gebannt zu und nickte viel. Er verstand mein Problem mit Louis, da er wahrscheinlich genauso gehandelt hätte. Als er nach meiner Mutter fragte, konnte ich ihm nicht antworten. Ich wusste über meine Mutter nur das wenige, dass ich erst gerade erfahren hatte. Sie wurde tot aufgefunden, umgeben von toten Ornis. Danach schwiegen wir lange.

Gegen Abend erreichten wir die Stadt Merkis. Es war eine ovale Stadt, am Minakasee gelegen. Die Stadt wurde auch die Sonnenstadt genannt. Nun verstand ich, warum. Die untergehende Sonne verfärbte die ganze Stadt rot. Die Dächer waren mit Silber verziert, dadurch funkelte im Sonnenlicht alles rot. Die Stadt sah aus wie eine riesige Flamme.

Am Stadtrand lag die berühmte Rekrutenschule mit den grossen Drachenställen. Die Gebäude waren aus massivem Stein, mit Drachenornamenten verziert. Ich konnte mehrere Häuser ausmachen. Ein Haus mit vielen Zimmern, eine Art Turnhalle und ein Schulgebäude. Mit offenem Mund folgte ich dem General zu den Drachenställen. Ich lieferte Shyra ab und ging mit dem General in die Schule.

Wir betraten das Haus durch den Eingang und gingen zu einem Büro. In dem Büro sass ein dicker Mann mit Falten und Glatze. Schon sein erster Eindruck war unsympathisch. Nach dem Erzählen meiner langen Geschichte wurde ich als Rekrutin aufgenommen. Der Direktor, der Herr mit Falten und Glatze, tat es nur, weil er Vertrauen in den Obergeneral hatte. Sonst hätte er niemals eine elfjährige als Rekrutin aufgenommen.

So begann mein Leben als Soldatin. Ich verbrachte eine lange Zeit in der Rekrutenschule. Ich lernte den Umgang mit Waffen, Kampftaktik und Nahkampf. Es machte mir grossen Spass und ich war auch gut, aber meine Einsamkeit wurde von Monat zu Monat grösser. Ich war die Jüngste und das einzige Mädchen. Niemand wollte sich mit mir abgeben. Abends war ich oft traurig, auch die Flugstunden mit Shyra konnten mich nur kurz ablenken. Ich fand keine Freunde. Ich wurde gefühlskalt. Meine Schläge wurden aggressiver, die Angriffe brutaler. Schnell war ich die Beste meiner Gruppe und wurde höhergestuft. Dort verlief meine Laufbahn genau so. Auch mit Shyra zusammen wurde niemand verschont. In den Privatstunden mit General Malko wurde ich immer ernster und stärker. Siegte ich, war keine Freude zu sehen. Verlor ich, kämpfte ich noch verbissener weiter.

In der Schule legte sich ein arroganter und mühsamer Lehrer mit mir an. Er verlor in einem Kampf zwei Finger. Seitdem machten alle einen grossen Bogen um mich. Mir war es egal. Denn ich war jetzt eine gefühllose Hülle, die nur das Kämpfen liebte.

Am Ende des Jahres schloss ich meinen Lehrgang problemlos ab. Aber ich wollte mehr. So kämpfte ich in der obersten Gruppe, mit erfahren Soldaten und wurde wieder Jahresbeste. Nach einem weiteren Jahr kam die grosse Abschlussprüfung - eine Schlacht. Ich bestand ohne einen Kratzer.

Malko trainierte mich weiter. Er nahm mich auf seine Schlachten mit und zeigte mir das Leben im Krieg. Auf harten Feldbetten schlafen, schreckliches Essen geniessen, Blut und Tod jeden Tag, Freunde und Bekannte sterben sehen. Das war der Krieg um Minaka.

Aus Monaten wurden Jahre und ich kannte nichts anderes mehr, als den kalten, unbarmherzigen Krieg. General Malko bildete mich weiterhin aus. Er sagte, er wolle aus mir einen General machen. Er würde dafür mit mir trainieren, bis zum Umfallen. Und das tat er auch. Wir trainierten jede freie Minute, bis zu jenem Tag.

Fünf Jahre später

Ich stand in meinem Zimmer in der Rekrutenschule. Ein kleines, unmöbliertes Zimmer, mit Sicht auf Merkis. Ich trug schwarze Lederhosen und ein Lederoberteil, mit breiten Trägern. Schwarze Stiefel, Handschuhe, Schulter-, Bein- und Unterarmschutz. Auf meinem Bett lagen Helm und Visier. An meiner Seite baumelte ein einfaches Soldatenschwert. Das war meine Soldatenrüstung. Ich betrachtete mich im Spiegel. Das schwarze Haar, welches die Mitte des Rückens berührte, die grossen roten Augen und die bleiche Haut. Ich sah genau so aus, wie vor fünf Jahren. Nur älter, reifer und weiblicher. Das eng anliegende Oberteil umformte meine runde Brüste, die Hose lag eng auf den muskulösen Oberschenkeln und das Schwert hing um die schmale Taille. Keine Frage. Ich war nun eine schöne, junge Frau. Nur viel muskulöser und härter. Alle wussten, wer mich als Küchenweib beschimpfte, kassierte schnell mal ein blaues Auge.

Ich lächelte bei dem Gedanken und fuhr mir sanft über den stahlharten Bauch. Andere hatten in meinem Alter schon längst vier Kinder und eine glückliche Familie, während ich noch eine Jungfrau war. Wieder schmunzelte ich. Es klopfte an meiner Tür.

»Ja herein«, sagte ich freundlich. Heute würde ich niemanden anschreien oder verfluchen. Denn bald war ein besonderer Tag für mich.

Die Tür öffnete sich und Malko betrat das Zimmer. Ihm folgte eine junge Frau ins Zimmer. Ihre Hände waren grob und vernarbt, sie musste die Tochter eines Schmiedes sein. In ihren Händen trug sie einen grossen Sack. Er musste schwer sein, denn die junge Frau stellte ihn mit einem Seufzer ab.

»Wie ich sehe, trägst du deine alte Rekrutenuniform«, stellte Malko mit erstauntem Blick fest.

»Ja. Ich wollte sie heute wieder mal anziehen, aber sie ist mir inzwischen zu klein.« Sagte ich und deutete auf den Bauch. Dort zeigte sich zwischen der Hose und dem Oberteil ein schmaler Streifen Haut.

»Zum Glück habe ich das hier.« Lächelte Malko und deutete auf den Sack. Die Frau öffnete ihn und zog einen schwarzen Brustpanzer hervor. Er war tiefschwarz, glänzte und ich erkannte sofort das Emblem mit dem Drachen mit gespreizten Flügeln in der Mitte. Ich begriff schnell, was das war. In dem Sack steckte eine neue Uniform, eine Rüstung für mich. Wie ein Blitz rannte ich zu Malko und umarmte ihn. Er umarmte mich ebenfalls und sagte: »Das ist ein Geschenk von mir. Da du ja bald General wirst, ist mein Job nun erledigt.«

Wir lösten uns wieder voneinander. Er gab der Frau ein Zeichen und sie verliessen beide das Zimmer. Da ich mich bis auf die Unterwäsche ausziehen musste, hatte ich keine Einwände. Als Erstes zog ich wieder eine Lederhose und das gleiche Oberteil wie vorhin an, nur grösser. Passgenau. Danach folgte die Rüstung. Sie bedeckte den ganzen Körper und lag eng an. Die komplette Rüstung war schwarz und funkelte im Sonnenlicht. Der Helm war ein einzelnes Meisterwerk. Er passte perfekt auf meinen Kopf und durch das dünne Visier konnte ich alles sehen. Meine Haare hatten problemlos Platz und ein Drache zierte auch den Helm. Er sah aus wie mein Anhänger. Die Rüstung war zu meinem Erstaunen nicht sonderlich schwer.

Malko betrat wie auf Kommando das Zimmer und betrachtete mich.

»Die Rüstung besteht aus einem seltenen Metall, dem sogenannten Nachtstein. Leicht, fast unzerstörbar und sehr geschmeidig. Es passt sich an deinen Körper an und trägt sich wie deine normale Alltagskleidung. Deine Bewegungsfreiheit sollte somit nicht eingeschränkt werden.« Er lächelte wie ein kleiner Junge.

»Bis zu der Zeremonie hast du frei. Nutze diese Zeit für Dich. Was wirst du tun, Ori?«

»Ich werde zu Vater und Tyam gehen.« Sagte ich, immer noch glücklich über das Geschenk. Ich stürzte zur Tür hinaus, als mir Malko noch nachrief: »Ich habe auch eine Rüstung für Shyra anfertigen lassen.«

Ich rannte zu den Ställen und fand Shyra in einer glänzenden Rüstung vor. Sie war aus dem gleichen Material wie meine gefertigt. Diese bedeckte die Vorderseite seiner Beine, den Kopf, den Hals, und den Bauch. Sogar den Schwanz bedeckte die funkelnde Rüstung. Ein mächtiger Sattel aus dunklem Leder war bei den Schultern befestigt. Eine Leine aus Kettengliedern wickelte sich um den Knauf. Ich hatte Shyra bis anhin nur mit Lederleinen und einem alten, gewöhnlichen Drachensattel geritten. Das alles war neu. Es sah mächtiger aus, Furcht einflössend und bedrohlich. Ich stieg sofort auf und ritt nach draussen. Die Soldaten bewunderten mich ehrfurchtsvoll. Stolz stieg ich in den Himmel und flog Richtung Laoma.

Schon am späten Nachmittag erreichte ich die riesige Stadt. Ich landete auf der Drachenwiese vor dem Drachenstall, indem Tyam lebte, als ich die Stadt vor fünf Jahren verliess. Jetzt fand ich ein neues Gebäude vor. Die Ruinen waren verschwunden, es stand wieder ein Drachenstall an diesem Platz. Er war grösser, moderner und auch schöner anzusehen, als der Alte.

Ein junger Mann mit roten Haaren kam auf mich zu, bewunderte das Tier und mich.

»Guten Tag,« begrüsste er mich. »möchten sie ihren Drachen bei uns in Aufenthalt geben?« Er sah mich mit Augen an, die mir bekannt vorkamen. Alles an dem Mann kam mir bekannt vor.

»Tyam?«, fragte ich.

»Ja der bin ich. Woher kennen sie meinen Namen?«, fragte er sichtlich irritiert.

»Ich bin es", sagte ich und nahm den Helm ab.

»Ori.«

Er riss die Augen auf.

»Ori? Du? Was machst du denn hier in Laoma und wie ist es dir ergangen?«

Ich erzählte ihm alles. Über den Krieg, meinen Weg als Soldat und die baldige Zeremonie, zum Aufstieg als General. Er hörte mir gebannt zu und erzählte nachher seine Geschichte. Nach dem Brand hatte seine Familie grosse Schulden und sein Vater begann aus Zweifel an sich und der Zukunft Selbstmord. Er hatte sich an einem Pfosten des alten Hauses erhängt. Als man ihn abnehmen wollte, gab der morsche Pfosten nach und im hohlen Inneren fand man alte, versteckte Goldmünzen. Niemand wusste davon.

Durch den Tod von Tyams Vater kamen diese alten Reichtümer ans Tageslicht. Tyam war auf einen Schlag alle Schulden los und wohlhabend. Mit dem Geld baute er einen neuen Drachenstall. Heute war er Herr über viele Angestellte, hatte viele zufriedene Kunden, aber keine Familie. Er war überzeugter Einzelgänger. Er wolle die bekannten Probleme mit Ehefrau und Kindern nicht, sagte er. Seine Angestellten würden schon genug jammern. Ich lachte darüber.

Nachdem Shyra versorgt war, ritt ich mit einem geliehenen Laufdrachen zu Louis. Das einst abgemachte Rennen wollte Tyam nicht mehr durchführen, er habe noch etliche Arbeit zu erledigen. Mir war das egal. Es war ein Kindheitstraum, der geplatzt war. So einfach war das.

Ich erreichte unser altes Haus. Die gelbe Farbe schien blass und die Blumen schlapp. Allgemein erschien mir die einst lebhafte Stadt trostloser. Ich klopfte an der Tür. Sie einfach zu öffnen, schien mir unhöflich, da ich ohne eine Verabschiedung gegangen war. Nach einer Weile öffnete Louis. Ich erschrak, als ich ihn sah. Das weisse Haar hing verfilzt vom Kopf, der Bart war ungepflegt und dunkle Augenringe lagen unter den leblosen grauen Augen. Er sah so alt aus. So zerbrechlich. Als er mich sah, riss er ungläubig die Augen auf.

»Ori, bist du das?«

Ich nickte mit Tränen in den Augen. Ich warf mich ihm um den Hals und weinte in seine Schulter.

»Es tut mir so leid. Ich hätte mich verabschieden sollen. Ich habe dich so vermisst.«

»Ich dich auch, meine Kleine.« Eine Träne tropfte auf meine feuchten Wangen.

»Komm doch rein«, lächelte er freundlich und ging in die Küche, um Kaffee zu machen. In der Wohnung sah es genauso aus wie früher, nur farbloser, staubiger. Ich setzte mich auf meinen alten Stuhl und trank genüsslich einen Schluck.

»Erzähl. Wie geht es dir. Ich habe dich so lange nicht gesehen. Wie ich sehe, bist du ein Ritter geworden.«

»Nicht ganz. In ein paar Tagen werde ich zum General erklärt.« Ich erzählte ihm alles. Von Malko, der Schule, den Kriegen und meinem Leben. Er hörte mir interessiert zu und unterbrach mich kein einziges Mal. Als ich ihm von dem Geschenk erzählte, fragte er: »Warte. Du hast die Rüstung für dich und Shyra bekommen, aber keine Waffe? Als ich General wurde, bekam ich Rüstung und eine persönliche Waffe, welche ich von da immer führen sollte. So ist das seit jeher Brauch.«

»Stimmt«, überlegte ich.

»Malko sagte, er habe keine zu mir passende Waffe gefunden. Ich soll mir selber eine suchen. Er sagte, es müsse eine lange, dünne Waffe sein, wie mein Körper. Stark, mutig, zielstrebig wie mein Charakter und schnell wie meine Reflexe. Er meinte, dass zwei Katanas gut zu mir passen könnten. Ich muss sie allerdings selber finden.« Ich zuckte mit meinen Schultern. Bei dem Wort Katana wurde Louis hellhörig. Mit einer Geste gab er mir zu verstehen, dass ich ihm folgen sollte. Er ging zum Bücherregal und zog mehrere Bücher raus. Ein Teil der Wand schob sich weg und gab den Blick auf eine Truhe preis. Mein Vater nahm sie Truhe heraus und öffnete sie. In der Truhe lagen mehrere in Stoff gewickelte Teile. Er nahm das längste Stoffbündel und öffnete es. Darin befanden sich zwei wunderschöne Katanas. Schwarz wie die Nacht. Mit einem roten Stein verziert. Die Griffe waren mir Leder umwickelt und die Klingen schimmerten silbern. Die Schwertscheide bestand aus dem selben Material wie meine Rüstung. Behutsam nahm ich die Waffen in die Hand. Die Klingen leuchteten kurz auf und passten sich an meine Hände an.

»Woher hast du die?«, fragte ich die Waffen bewundernd.

»In deinen Windeln lag ein Zettel. Darauf stand dein Name und wo du die Waffen finden würdest. Ich machte mich selber auf die Suche, um mehr über dich oder deine Mutter zu erfahren. Sie lagen in einer Höhle, in der Nähe des Minakasees. Dort lagen nur die Waffen sonst nichts.«

Ich legte die Katanas hin und nahm den Zettel raus.

Liebe Ori. Wenn du das liest, werde ich schon lange im Himmel sein und auf dich aufpassen. Es gibt Menschen, die wollen dich töten. Es sind die Menschen, die auch mich getötet haben. Wenn du alt genug bist, dann gehe zum Minakasee. Folge den blauen Pilzen und du wirst einen Felsen finden. Rufe dort »Renea urficium, polatrezia melerio«. Eine Tür wird sich öffnen und dort findest du zwei Katanas. Diese Waffen wurden speziell für dich angefertigt. Nur du kannst sie führen. Finde die Schwerter, rette Minaka und beschütze Myron.

In Liebe deine Mum

Schon wieder etwas von Myron. Wer war das, oder was war das? Schweigend betrachtete ich den handgeschriebenen Brief meiner Mutter. Ich musste herausfinden, was es mit diesem Myron auf sich hatte. Ich erhob mich, befestigte die Schwerter am Rücken und ging in mein altes Zimmer. Dort öffnete ich die Truhe und nahm die Kette raus. Ich zog sie an. Von nun an würde ich sie niemals mehr ausziehen. Ich würde Minaka retten und das Rätsel um Myron lösen. Koste es, was es wolle.

Erinnerungen

Mit den neuen Waffen auf dem Rücken und der Kette um den Hals flog ich weg von Laoma. Mein Ziel war der Minakasee. Ich wollte unbedingt den Todesplatz meiner Mutter aufsuchen. Warum wusste ich auch nicht.

Am späten Abend erreichte ich den See. Aber wo sollte ich suchen? Nach 19 Jahren würde es hier sicherlich keine Spuren mehr geben. Ich entdeckte auf dem See einen Fischer. Ich flog zu ihm hin und fragte: »Guten Tag. Wissen sie, wo vor 19 Jahren eine Frau hier am See verunglückt ist?«

Er sah mich nicht an, als er sprach: »Ich habe mal eine Geschichte gehört, von einer jungen Frau mit einem Baby, die hier von Ornis umgebracht wurde. Das war dort hinten.« Er zeigte nach Norden.

»Vielen Dank", rief ich und in die mir gezeigte Richtung. Sanft landete ich auf dem Sand. Eine Wärme breitete sich in mir aus. Ich konnte meine Mutter spüren. Sie war hier. Meine Augen schlossen sich, und als ich sie wieder öffnete, war es dunkel und der See schimmerte in hellem Violett. Es regnete. Vor mir lief eine junge Frau mit einem Bündel im Arm. Ich folgte ihr. Am Seeufer blieb sie stehen und drehte sich um. Aus dem Wald kamen Ornis und stellten sich kreisförmig um sie auf. Ein Todesmagier gesellte sich hinzu. Sie sprachen miteinander. Ich hörte alles verschwommen, als wären sie weit weg. Das Merkwürdige war, alle sahen nur die Frau an und nicht mich.

»Darf ich mich vorstellen?«, fragte der Magier mit einem Lächeln im Gesicht.

»Ich bin Zalgo. Ein treuer Diener von Dagon. Du weisst, warum wir hier sind?«

»Du bekommst sie nicht!", schrie die Frau.

»Nur über meine Leiche!«

Dieser Zalgo lächelte und ein Pfeilhagel prasselte auf die Frau nieder. Sie hob die Hand und ein schwacher Schutzschild bildete sich. Die Frau kämpfte mit einem starken Zauber, rote Strahlen traten aus ihren Händen und töteten etliche der Angreifer. Aber es waren zu viele. Sie erlitt schwere Verletzungen. Plötzlich begann ihr Körper zu leuchten und eine rote Druckwelle breitete sich aus. Die Ornis verbrannten und die Frau viel auf den Boden. Sie war tot.

Ich ging zu dem Bündel und drehte es. Ein kleines Baby, mit schwarzen Haaren und roten Augen sah durch mich hindurch. Da begriff ich, dass Baby war ich. Und die Frau war somit meine Mutter.

Ich schloss meine Augen und öffnete sie wieder. Jetzt war wieder Abend. Von den Ornis, dem Gemetzel und meinem Stiefvater war keine Spur zu sehen. Ich hatte eine Erinnerung durchlebt. Das war eine seltene Gabe und funktionierte eigentlich nur, wenn man Magie im Blut hatte. Aber das hatte ich nicht. Komisch. Vielleicht war die Aura meiner Mutter so stark, dass ich die Erinnerung durch sie erleben konnte. Schulterzuckend stieg ich auf Shyra und wir flogen weiter nach Merkis.

In den nächsten Tagen tat ich immer dasselbe. Mich auf die Zeremonie vorbereiten, über Myron nachdenken und über Mutter. Ich hatte Malko von dem Erlebnis am Minakasee erzählt. Aber er wusste keine Antwort dafür, warum ich diese Erinnerung durchlebt hatte. Er hatte meine Waffen bestaunt und ich erzählte ihm, es wären Erbstücke, was auch stimmte.

Nach drei weiteren langen Tagen fand endlich die Zeremonie statt. Es war langweilig. Anmutig nach vorne gehen, mich vom König zum General schlagen lassen und danach ein grosses Festmahl, welches ich bald wieder verliess. Das Essen war mir zu üppig, der Wein zu sauer und das Bier zu malzig.

Ich setzte mich auf das Dach des Festsaales und betrachtete den vollen Mond. Jetzt war ich offiziell General. Der Jüngste in der Geschichte des Landes und der einzig Weibliche. Man kannte mich als die schwarze Drachenreiterin. Kein schlechter Name. Wie in der Legende.

Ein Rauschen und Malko landete neben mir.

»Eine schöne Nacht. Nicht wahr?« Er setzte sich neben mich und betrachtete ebenfalls den vollen Mond.

»Ja. Es wird die Letzte sein, hier in Merkis. Morgen geht es schon los. Ich weiss noch gar nicht, wohin ich versetzt werde.« Ich runzelte meine Stiern und sah zu Malko.

»Ich weiss es schon. Du wurdest ins Nebenlager Nila eingeteilt«, schmunzelte Malko. Er schmunzelte zu Recht. Nila hatte sich einen schlechten Namen durch seine miesen und groben Soldaten gemacht. Denn dorthin wurden alle Rebellen eingeteilt und solche, die sich den Generälen widersetzt hatten. Alles nur Rüpel, Barbaren und Säufer, sagte man. Kein Wunder, dass ich dorthin eingeteilt wurde. Der oberste Chef des Kriegsheers, der Generalfeld-marschall, mochte mich nicht. Es war irgendwie klar, dass er mich in so ein Lager stecken würde.

Ich schmunzelte. Er glaubte wohl, ich käme nicht mit einem Lager voller Idioten klar. Dann musste ich es ihm wohl beweisen.

»Na dann, ich verabschiede mich. Es ist schon spät und morgen muss ich früh raus.« Malko stand auf und streckte sich ausgiebig.

»Das wird wahrscheinlich ein Abschied für immer sein, Ori. Von nun an trennen sich unsere Wege. Ich wünsche dir viel Glück und gutes Gelingen.« Er gab mir die Hand.

»Es wahr mir eine Ehre dich als Schülerin zu haben, General Ori.«

»Die Ehre war ganz meinerseits.« Ich drückte die Hand kräftig und sah zu, wie mein Lehrer auf den Feuerdrachen stieg und wegflog. Morgen früh werde ich zum Lager Nila fliegen und aufräumen. Das schwor ich in jener Nacht.

Das Lager Nila

Als die Sonne gerade aufging, sass ich schon auf Shyras Rücken und flog Richtung Westen, zum Lager Nila. In Merkis liess ich alles stehen und liegen, um ohne Verabschiedung zu verschwinden. Wenn ich etwas hasste, dann waren es Verabschiedungen. Immer dieses Hände schütteln, Glückwünsche äussern und kommende Verabredungen versprechen. Auf all das konnte ich sehr gut verzichten.

Um neun Uhr erblickte ich die Holzpalisade von Nila. Grobe, angespitzte Stämme, die in einem Rechteck um blaue Stoffzelte eingeschlagen worden waren. Mehrere Wachttürme, ein Eingangstor und Dutzende, dieser typischen blauen Zelte. In der Mitte stand ein Fahnenmast, an dem wehte die königliche Flagge mit der Aufschrift: Nila.

Ich flog näher ran und sah niemanden. Nicht auf den Wachttürmen, nicht am Boden, nirgends. Ich landete in der Mitte des Lagers und sah mich um. Niemand kam, um mich zu überprüfen oder wegen unerlaubten Eindringens festzunehmen. Merkwürdig.

Ich ging zu einem der Zelte und öffnete es. Darin lag ein kleiner Mann mit Bierbauch und muskulösen Armen. Die Haare waren ungepflegt und es roch in dem Raum stark nach Schweiss und schmutzigen Klamotten. Ich schüttelte den Kopf und ging zurück zu Shyra. Ich gab ihm ein Zeichen und er brüllte los. Jetzt kam Bewegung in das Schnarchlager. Zelte wurden geöffnet und verschlafene Männer in Pyjamas, bewaffnet mit Schwertern und Lanzen rannten auf den Platz. Sie erblickten mich und den brüllenden Drachen. Da ich meinen Helm trug, konnten sie mein Gesicht nicht sehen.

»Ich bin General Ori und wurde in das Nebenlager Nila eingeteilt", sagte ich laut und deutlich. Der Mann mit Bierbauch lachte auf.

»Wir brauchen aber keinen General. Der Letzte ist freiwillig gegangen. Geh lieber auch. So ersparst du dir einen Nervenzusammenbruch.« Ich nahm den Helm ab und zeigte mein Gesicht. Die Männer sahen mich mit glotzenden Augen an.

»So war ich Ori Hadley heisse, ich werde hier bleiben und aus euch Säufern und Barbaren wieder Soldaten machen!« Schrie ich bestimmt und selbstsicher. Die Männer fingen an zu lachen. Der Mann mit Bierbauch erhob seine Stimme wieder.

»Nur zu Küchenweib. Mach uns zu Soldaten. Aber weisst du auch, wie man ein Schwert führt? Du weisst schon, was das ist, oder?«, hänselte er mich.

Ich zog meine Katanas.

»Nun, das sind nicht gerade Schwerter in deinem Sinne, aber sie schneiden genau so. Willst du es sehen?« fragte ich ihn grinsend.

»Nur zu Weib. Wenn du verlieren kannst, dann kämpfe. Ich werde nicht hart zu schlagen.« Er grinste spöttisch. Kampflustig ging ich zu ihm hin.

»1. Lektion«, sagte ich. Er griff mich an, ich machte einen Schritt zur Seite und entwaffnete ihn.

»Sei schneller als der Gegner.«

Er nahm sein Schwert wieder hoch und griff erneut an. Er zielte mit seinem Schlag auf meine Beine, weshalb ich hochsprang und direkt auf seiner Klinge landete.

»2. Lektion. Du musst immer genau wissen, was der nächste Schritt deines Gegners ist. Und wenn du das alles weisst,« er griff erneut an. Diesmal zielte er auf meinen Kopf. Ich parierte mit einem Schwert und mit dem anderen schlug ich ihm die Waffe aus der Hand.

«...besiegst du jeden Gegner.« Ich sah zu dem Entwaffneten und fragte: »Willst du es noch einmal versuchen?«

»Darauf kannst du Gift nehmen. Du hattest nur Anfängerglück. Jetzt werde ich richtig kämpfen. Ich habe dich nur gewinnen lassen«, fauchte er.

Ich zuckte mit den Schultern und parierte den ersten Schlag mit Leichtigkeit. Er griff immer gleich an und ich konnte so leicht gewinnen. Aber zuerst wollte ich noch ein wenig mit ihm spielen. Ich kämpfe extra schlechter und liess mich entwaffnen. Ich fiel zu Boden und er hielt mir die Klinge an den Hals.

»Na Weib? Siehst du es ein, dass du nicht kämpfen kannst?« Höhnte er.

»Bitte verschone mich«, flehte ich künstlich überhöht.

»Ich sehe es ja ein, aber bitte verschone mich.« Ich hob flehend die Hände und begann zu kichern. Er sah mich fragend an.

»Wieso kicherst du?«

»Ganz unter uns. Ich habe mehr von dir erwartet. Hast du diese Lektion den nie gelernt?« Mit einer blitzschnellen Bewegung sprang ich auf, donnerte meine Faust in seinen Magen und trat in seine Weichteile. Als er nach vorne kippte, empfing meine Faust seine Nase. Es knackte und Blut floss zu Boden.

»Lektion 3. Vertraue niemals einer Flehenden. Vertraue erst, wenn der Gegner tot ist oder in Ketten liegt.« Alle sahen mich verständnislos an.

»Von nun an ist dieses Lager unter meinem Kommando. Wer sich mir widersetzt, wird bestraft. Haben das alle verstanden?«, rief ich. Ein Ja halte durch das Lager.

»Gut. Dann bringt dieses Lager auf Vordermann.«

Alle gingen ans Werk. Es wurde geputzt, gewischt, gewaschen und geschrubbt. Am Abend sah es wieder wie ein Militärlager aus und nicht wie eine Müllhalde. Von nun an respektierten mich alle. Am Anfang war es Verachtung, aber mit der Zeit wurde aus dem Misstrauen eine Art von Freundschaft und gegenseitigem Respekt. Man lachte zusammen, kämpfte aus Spass, oder man erzählte sich Geschichten. Der Mann mit dem Bierbauch, er hiess übrigens Jaka, wurde zu einem meiner besten Kumpels. Er war auch der Einzige, der es sich erlauben konnte, mich Küchenweib zu nennen, ohne in den Knast zu gehen.

Der Knast war eine alte Holzhütte mit verschliessbarer Tür. Kein Bett, keine Toilette, kein Stuhl. Nur nackte Wände und ein schmutziger Boden. Er wurde zu Beginn meines Kommandos regelmässig genutzt, später nur noch spärlich.

Es vergingen Monate, ohne das etwas Spannendes passierte. Keine Schlachten, denn Nila war ein Nebenlager. Es war ein Stützpunkt, falls ein anderes Lager fiel oder Unterstützung benötigte. Auch wurden keine Soldaten ausgetauscht. Es waren immer dieselben Gesichter jeden Tag. Beim Essen, Trinken, Lachen und beim Waschen. Eines Tages wusch ich gerade meinen Oberkörper, als ein junger Soldat rein kam, um mir einen Brief zu bringen. Er bekam meinen Schwamm ins Gesicht und eine gebrochene Nase. Erst als er mir schwor, niemandem zu erzählen, was er gesehen hatte, hörte ich auf, sein Gesicht mit Schlägen zu bearbeiten.

Das Lagerleben verlief eintönig. Schlafen, Aufstehen, Essen, Kämpfen, Essen, Kämpfen, Spielen, Essen, Schlafen. Tag für Tag. Es gefiel mir. Keine Hektik, keine Hast, es war ein schönes und einfaches Leben. Bis sich eines Nachts alles änderte.

Blutiger Feuerdrache

Ich schlief tief und fest. In meinen Träumen spielte ich mit Tyam. Wir lachten und redeten viel. Plötzlich brannte ein Haus in der Nähe und es roch nach Rauch. Ich erwachte. Der Rauchgestank blieb. Die Zeltplane öffnete sich und Jaka schrie herein: »Wir werden angegriffen!«

Wie ein Blitz stand ich auf und schlüpfte in die Rüstung. Dann rannte ich nach draussen und sah, dass die Ostseite des Lagers lichterloh brannte. Noch waren die Gegner nicht im Lager. Shyra brüllte und schickte einen Feuerball in Richtung Osten. Mit einem schrillen Pfiff rief ich Shyra zu mir und stieg auf. Ich stieg in die Höhe und sah mir das Schlachtfeld genauer an. Vom Osten griffen Ornis und Menschen an. Dagons Armee. Mit Leitern bestiegen sie die Palisade. Ehe die Kerle in das Lager einfallen konnten, griff ich mit Shyra an. Eine Feuerkugel und die Leiter mit den Angreifern war Asche.

Ich stieg wieder in den Himmel und schickte Feuerkugel um Feuerkugel nach unten in das Heer der Ornis. Da Nacht war, konnten sie uns nicht sehen. Unser Vorteil. Mit Shyra griff ich von hinten an. Ein mächtiger Feuerstoss verbrannte mehrere Reihen der hässlichen Monster. Ich sah, dass die Ersten über eine weitere Leiter in das Innere des Lagers vorgedrungen waren. Wir flogen zurück und als ich über dem vordersten Orni war, liess ich mich fallen. Das Katana durchbohrte seinen grünen Körper. Die anderen stürzten sich auf mich. Meine Schwerter schwangen durch die Luft und Blut spritzte. In meinem Augenwinkel sah ich, dass auch die Westseite gestürmt wurde. Schnell rannte ich dorthin. Rechts, links, rechts, links, schnitten meine Schwerter in die Körper der Gegner. An der Westseite angekommen, schlug ich einem Gegner den Kopf ab. Über mir vernahm ich ein bedrohliches Fauchen.

Es war nicht das Fauchen von Shyra. Das Fauchen gehörte zu einem blutroten Feuerdrachen mit gelben Augen. Auf dem Rücken sass eine Person mit einem schwarzen Umhang. Eine Kapuze verdeckte das Gesicht. Auf dem Umhang war ein weisser Totenkopf eingenäht und rote Blitze verliefen aus dem Schädel über den ganzen Umhang. Ein Todesmagier.

Er hob die Hand und ein blauer Blitz schoss auf mich zu. Mit einer Rolle konnte ich mich in Sicherheit bringen. Der Drache brüllte und ein roter Feuerschwall brannte die ganze Palisade nieder. Ich pfiff und sprang auf. Alleine konnte ich es nicht mit dem Magier aufnehmen. Aber ich hatte eine Chance mit Shyra zusammen. Also flog ich mit Shyra steil in den Himmel und drehte mich in die Richtung des Drachen. Shyra öffnete sein Maul und bereitete mehrere Feuerkugeln vor. Der rote Drache sah uns an, und eine Kugel nach der anderen flog auf ihn zu. Ein blauer Schutzschild verhinderte das Treffen der Kugeln. Ich knirschte mit den Zähnen. Von der Ferne hatte ich keine Chance.

Ich gab Shyra ein Zeichen und wir flogen pfeilschnell auf den Feuerdrachen zu. Erst jetzt bemerkte ich, dass der Drache doppelt so gross war wie Shyra. Er holte mit seinen Krallen nach uns aus, doch Shyra wich geschickt aus und bohrte seine Zähne in den Hals der Bestie. Diese heulte auf und schüttelte sich. Ich sprang ab und landete auf dem ungeschützten Hals des Drachen. Er schüttelte sich immer noch, darum bohrte ich ein Schwert in sein Fleisch, um den Halt nicht zu verlieren. Shyra riss sich los und flog eine Kurve um den grösseren Drachen. Der Magier beobachtete die ganze Zeit Shyra und bemerkte erst jetzt, dass niemand auf seinem Rücken sass.

Ich nutze das und sprang ihn mit gezückten Schwertern an. Leider sah er mich und schleuderte mich zurück. Ich rutschte vom Drachen und schlug meine Schwerter in seine Flanken, um meinen Fall zu kontrollieren. Er brüllte auf und schlug um sich, was es noch schlimmer machte. Blut floss auf meine Arme, aber es war mir egal. Ich wollte dieses Monster töten.

Meine Schwerter lösten sich von seinem Körper und ich fiel nach unten. Shyra fing mich wieder auf und bearbeitete die rote Haut des Drachen mit seinen Krallen. Ich schlug mit den Katanas ebenfalls Kerben in die schuppige Haut. Er schlug um sich und zu spät sah ich seine mächtigen Krallen. Eine Kralle streifte meinen Bauch und riss die Rüstung auf. Es brannte und Blut lief meinen Bauch hinab. Ich schenkte dem keine Beachtung.

Ich beobachtete die Kreatur. Sie hatte einen sehr langen Hals und vergleichsweise kurze Beine. Mir kam eine Idee. Ich teilte sie Shyra mit und wir führten den Plan aus. Shyra flog zum Hals und bohrte sich von unten mit den Beinen hinein.

Mit seinen Zähnen packte er das Fleisch und wickelte seinen Schwanz um den langen Hals des roten Drachens. Shyra drückte zu und hing nun kopfüber an Hals des Feindes.

Der Magier schrie auf und versuchte verzweifelt Shyra loszuwerden, während ich zum Kopf des Drachen kletterte. Ich setzte mich auf den Hals, presste meine Beine so fest wie möglich um ihn, um nicht runter zufallen und schlug beide Schwerter direkt unter seinen Kopf in den Hals. Er schrie, brüllte, fauchte und versuchte mich loszuwerden, aber ich zog das eine Schwert nach unten. Ein Schwall aus Blut tropfte auf den Boden. Jetzt nahm ich das andere Schwert und zog es auf der anderen Seite nach oben. Shyra liess los und packte mit den Zähnen den Unterkiefer des Gegners und zog kräftig. Mit einem Knacken löste sich der rote Kopf des Drachen und der Körper fiel in sich zusammen.

Ich jubelte auf und wollte den Kopf den Ornis übergeben, um ihnen zu zeigen, dass ihre stärkste Waffe tot war, als ein blauer Blitz Shyra traf und wir zu Boden fielen. Der Aufprall war hart, aber ich blieb unverletzt. Ich fühlte Shyras Puls. Er atmete noch. Anscheinend war es ein Schlafzauber.

»Du Monster!", schrie eine Stimme, die nur so von Hass triefte. Ich drehte mich um und sah den Todesmagier. Er humpelte und hielt sich die Seite. Anscheinend waren mehrere Rippen gebrochen und der Fuss verstaucht.

»Du hast meinen Drachen umgebracht, du Monster!«

»Er hat mich zuerst angegriffen!« Verteidigte ich mich. Er sagte nichts, sondern hob nur seine Hand und eine blaue Energiekugel flog auf mich zu. Ich wehrte sie ab, als schon die Nächste angeflogen kam. Diese konnte ich nur noch knapp parieren. Immer mehr Kugeln flogen auf mich zu.

»Ich werde dich dafür bestrafen, dass du meinen schönen Drachen umgebracht hast. Er war ein Geschenk von Dagon persönlich!«, schrie er und feuerte weitere Kugeln auf mich ab. Meine Verteidigung wurde immer schwächer, mein Körper schlaffer. Er täuschte einen Angriff vor und ich fiel auf die Finte rein. Eine Kugel traf mich an der Seite und ich schrie auf. Energiekugeln erzeugen keinen Schaden, den man sehen kann. Sie lösen Schmerzen aus und verursachen blaue Flecken. Treffen einen aber zu viele, stirbt man. Als mich zwei weitere Kugeln trafen, wurde alles dunkel und das Letzte, was ich noch spürte, war, wie ich auf den Boden fiel, als alles schwarz wurde.

Die Maske

Kalter Wind blies mir ins Gesicht. Mein Körper fühlte sich steif und verletzt an. Irgendwie war alles leichter. Ich öffnete die Augen und sah als Erstes blauen Himmel, vereinzelte Wolken und Vögel.

Moment. Gestern Nacht trug ich einen Helm, da war ich todsicher. Aber jetzt trug ich keinen Helm. Ich spürte, dass ich auf etwas Warmen lag. Es fühlte sich schuppig an. Ich wollte meine Hände bewegen, aber es ging nicht. Sie waren hinter einen Drachenhals gefesselt worden. Mit guten eisernen Handschellen und Ketten. Dasselbe galt für meine Füsse, Beine und Oberkörper. Derjenige, der das tat, wollte sichergehen, dass ich nicht abhauen konnte. Aber auf was für einem Drachen lag ich?

Ich hob meinen Kopf ein wenig und sah in ein junges Männergesicht. Schwarze Haare, blaue Augen, ein Kinnbart und eine wunderschöne Nase. Sie hatte die perfekte Grösse, keine Ecken und Kanten, keine unnötigen Rundungen. Sie sass perfekt im Gesicht.

Der gut aussehende junge Todesmagier sah mich spöttisch an. Ich sah an ihm vorbei und sah einen schwarzen Drachenschwanz. Es war Shyras Schwanz.

»Guten Morgen Langschläfer. Hast du gut geschlafen?«, fragte er höhnisch.

»Was hast du mit Shyra angestellt du Arsch!«, schrie ich und zerrte an meinen Fesseln.

»Na, na, nicht so stürmisch. Ich habe lediglich ein wenig Hypnose angewandt. Er weiss von nichts. Und ich werde ihm auch nichts tun, wenn du dich brav verhältst.«

Ich hörte auf, mich zu wehren, und sah in misstrauisch an.

»Was willst du von mir, und wer bist du überhaupt?«

»Meinen Namen tut jetzt nichts zur Sache. Mein Meister, Dagon möchte dich lebendig. Sieh mich als Abhol- und Lieferdienst an. Da du meinen Drachen getötet hast, musste ich deinen nehmen.« Er sah in die Ferne.

»Und warum will mich der Teufel Dagon persönlich haben? Er hätte jeden beliebigen General nehmen können.«

»Es geht ihm nicht um den General«, sagte er und nach einer Pause: »Er will nur dich.«

»Aber wa-« ich wollte noch mehr fragen, als er die Hand hob und sprach: »Deine Fragerei geht mir ganz schön auf die Nerven. Schlafe doch ein wenig.« Er berührte mit seiner Hand meine Stirn und ich fiel wieder in einen tiefen Schlaf.

Ich erwachte wieder, als mich zwei Hände irgendwo hinschleppten. Ich sah nichts. Alles war schwarz und ich spürte ein Tuch auf meinen Augen. Unter mir war ein Steinboden, es war kalt und feucht. Es musste ein Gefängnis sein, dachte ich. Eine Tür wurde geöffnet und man stiess mich hinein. Ich wollte mich wehren, aber es ging nicht. Dieser Magier hatte einen Lähmungszauber angewandt. Das werde ich dem noch heimzahlen.

Ich wurde auf den Boden gesetzt und zwei Metallringe legten sich um meine Handgelenke. Man nahm mir die Augenbinde ab und ich sah zwei verschwommene Gestalten, welche die Tür wieder schlossen. Nun war ich wieder alleine. Ich blinzelte und sah mich um. Eine blaue Fackel stand neben mir und erhellte die Einzelzelle. Sie war nicht sehr gross und hatte keine Möbel. Nur die zwei Ketten, an denen meine Hände befestigt waren. Ich konnte meine Hände bewegen, denn die Kette war etwa einen Meter lang. Das reichte, um meinen Bauch abzutasten und das Shirt nach oben zu ziehen. Ich trug wie vermutet nur noch meine Unterkleidung.

Im Licht der Fackel sah ich einen langen und tiefen Schnitt. Getrocknetes Blut klebte auf meinem Bauch. Mit meinem Finger berührte ich die Wunde und zischte schmerzerfüllt auf. Mit Spucke probierte ich das Blut ein wenig zu entfernen, um das ganze Ausmass der Wunde zu sehen. Als die Haut um die Wunde sauber war, sah ich bereits eine Entzündung. Die Wunde musste bald gereinigt werden, sonst sah es übel aus für mich.

Ich tastete den Rest des Körpers ab und konnte keine weitere Verletzung ausmachen. Nur blaue Flecken und ein paar kleine Kratzer. Ich machte mir Sorgen um Shyra und um meine Truppen in Nila. Hoffentlich passierte ihnen nichts.

Ich lehnte mich erschöpft an die feuchte Wand und atmete tief ein und aus. Es hätte schlimmer kommen können. Ich könnte jetzt tot sein. Oder in einer Massenzelle mit Kranken und mir die Pest holen. Aber ich hatte nur eine entzündete, tiefe Wunde und konnte langsam an einer Blutvergiftung sterben. Wunderbar.

Ich schlief ein und träumte von Louis, meiner Mutter und von Shyra. Alle wurden langsam von dem blutroten Drachen ermordet und ich konnte nur zusehen. Schliesslich frass er meine Mutter und kam zu mir. Er legte seine eiskalte, nasse Pfote auf mich und ich erwachte. Ich schrie kurz auf, als das nasse Tuch meine Wunde berührte.

»Ahh!«

»Halt still!« zischte die Person vor mir. Ich erkannte den Todesmagier von neulich. Ich hielt still und er wusch das Blut weg. Dann schmierte er eine stinkende Paste auf die Wunde und ging, ohne ein Wort zu sagen.

»Warte, geh nicht«, sagte ich leise. Er blieb stehen und drehte sich um.

»Danke«, sagte ich schwach und lächelte. Im Licht erkannte ich ein Lächeln auf seinem Gesicht und er ging wortlos. Warum hatte er das getan? Hatte ihn jemand geschickt, und wenn ja, wer war das? Und wenn nicht, warum tat er es trotzdem? Vielleicht hatte er gerade sein Leben aufs Spiel gesetzt, nur um mich zu behandeln. Aber wer würde sein Leben für einen General aus dem feindlichen Heer gefährden? Nach langem Überlegen schlief ich erneut müde ein.

Am nächsten Tag, oder Nacht, ich wusste es nicht, erwachte ich mit knurrendem Magen. Ich hatte jetzt schon eine Weile nicht mehr zu essen gehabt und die Paste des Magiers hatte nicht viel gebracht. Die Wunde war immer noch entzündet und brannte höllisch. Ich fühlte mich alleine und einsam. Meine Kräfte waren am Ende und ich konnte nicht mehr. Jede Stunde dasselbe. Eine blaue Fackel, kahle Wände, Schmerzen und Hunger. Meine Kehle war ausgetrocknet und meine Haut fühlte sich trocken und ledrig an. Meine Haare waren fettig und ein übler Mundgeruch plagte meine Nase, wenn ich ausatmete. Ich lehnte an der Wand und versuchte schmerzfrei auszuatmen, als die Tür geöffnet wurde und ein grosser Mann im schwarzen Umhang die Zelle betrat. Sein Gesicht konnte ich nicht sehen, da es unter einer Drachenmaske versteckt war. Mit einem Schnippen löste er die Handfesseln und hob mich hoch. Ich wehrte mich nicht. Ich wollte, konnte aber nicht. Ich war zu schwach, um irgendetwas zu tun. Er legte mir seine warme Hand auf die Stirn und ich schlief ein.

Helle Sonnenstrahlen kitzelten meine Wangen und ich spürte eine wohlige Wärme auf meinem Bauch. Ich öffnete die Augen und sah wieder in die Drachenmaske. Ich sah auf meinen Bauch. Die Wunde schloss sich wie von Geisterhand. Jetzt bemerkte ich, dass ich auf einem weichen Bett lag. Es war ein wunderschönes Himmelbett mit einem hellblauen Bezug. Das Bett stand in einem grossen Zimmer. Die Wände waren pastellblau gestrichen und ein silbernes Muster zierte die Wand. Es hatte viele Möbel. Ein grosses leeres Pult, einen grossen Schrank, unzählige Kommoden und Stühle. Alle Möbel waren aus teurem Holz geschnitzt und feine Muster zierten die Beine. Wo ich auch war, es musste einem reichen Mann gehören.

»So. Fertig. Ist doch gleich viel besser, oder?« Das Maskengesicht sah mich an. Ich wollte mich bewegen, reden, schreien, aber es ging nicht. Er hatte mich wohl oder übel auch mit einem Lähmungszauber an das Bett genagelt. Mein Magen knurrte laut und deutlich.

»Ah natürlich. Der Hunger plagt dich. Warte, ich lasse sofort etwas bringen«, sagte er freundlich. Etwas an ihm erinnerte mich an Louis. Er war fürsorglich, nur dass ich die letzten Tage in seinem Verlies sass.

Er klatschte in die Hände und die grosse Holztür öffnete sich. Ein Mann mit grosser weisser Mütze stellte ein grosses Tablett hin. Auf dem Tablett stand ein Teller, der genüsslich duftete. Er stellte das Tablett neben mich auf das riesige Bett und ging wieder. Ein Schnippen des Maskenmannes, und ich konnte mich wieder bewegen. Da ich noch ziemlich schwach war, unbewaffnet und dieser Mann starke Magie anwenden konnte, griff ich ihn lieber nicht an, sondern tat, was er sagte.

»Nur zu, bedien dich", sagte er mit einer Geste zum Tablett. Misstrauisch schaute ich den Teller an. Darauf lag ein paniertes Schnitzel mit Nudeln an einer Tomatensosse. Über den Nudeln war eine dicke Schicht Käse. Ich wusste nicht warum, aber dieser Mann hatte mir mein Lieblingsessen bringen lassen. Konnte er in mein Gehirn schauen? Wohl eher nicht. Aber vielleicht war das Essen vergiftet, man weiss ja nie.

»Iss ruhig. Du schaust ja, als ob es vergiftet ist. Ich habe keinen Grund, dich umzubringen.« sagte er immer noch freundlich. Er hatte recht. Hätte er mich tot sehen wollen, hätte er meine Wunden nicht geheilt, und ich wäre nicht unzählige Tage in dem Verlies gehockt. Er plante irgendetwas. Ich musste nur noch herausfinden was.

Ich begann zu essen. Alles schmeckte vorzüglich und die Tomatensosse erinnerte mich an etwas. Ich wusste aber nicht an was. Schnell war der Teller leer gegessen und das bereitstehende Glas mit Orangensaft getrunken. Orangensaft war sehr kostspielig und ich hatte bis jetzt nur einmal das Vergnügen. Ich legte das Tablett weg und sah den Maskenmann an. Nach einer Weile fragte ich: »Was wollen Sie eigentlich von mir?«

»Du erinnerst dich also nicht an mich.« er schüttelte traurig den Kopf.

»Vielleicht hilft dir das weiter.« Er legte seine Hand auf sein Gesicht und nahm die Maske weg.

ERINNERUNGEN UND TOKA

Unter der Maske kam ein älteres Gesicht zum Vorschein. Er hatte grüne Augen, schwarzes, kurzes Haar, eine helle Haut, grobe Lippen und eine grosse Nase. Aber das Schlimmste war die grosse Narbe. Sie fing unter dem Auge an und verlief bis zum Kinn. Er lächelte mich an.

»Kannst du dich jetzt erinnern?«

Ich starrte den Mann an. Mir kam dieses Gesicht bekannt vor, aber ich konnte es nicht einordnen.

»Nach deinem Gesichtsausdruck wohl eher nicht. Es ist schon so lange her. Ich werde dir helfen.« Mit seinen Fingern formte er ein L und legte seine warmen Finger an meine Stirn. Das Zimmer mit dem Bett verschwamm und ich sah ein anderes grosses Zimmer mit einem Bett. Auf dem Bett lag meine Mutter. In ihrem Arm hielt sie ein Neugeborenes. Das war ich.

Die Tür öffnete sich und der Mann hinter der Maske trat hinein. Er nahm das Baby hoch und hielt es vor sich.

»Es hat geklappt.«

»Was hat geklappt?", fragte meine Mutter.

»Ich habe dir über Monate ein Medikament gegeben. Darin befand sich die DNA eines Schattenwesens. Du warst zu alt für eine Verwandlung. Aber sie konnte es.« Der Mann lächelte.

»WAS HAST DU?!", schrie die Frau.

»Warum willst du, dass unsere Tochter so wird?«, fragte sie wieder leiser.

»Sieh es doch ein! Das feindliche Heer ist zu stark! Wir brauchen jemanden, der stärker ist, als alle anderen.« sagte er bestimmt.

»Aber doch nicht deine eigene Tochter. Warum willst du, dass sie ein Monster wird.« Tränen liefen meiner Mutter über die Wangen.

»Sie kann unsere Welt verbessern. Ich kann es nicht. Ich kann nur Krieg führen und Schrecken verbreiten. Aber unsere Ori kann es. Sie wird der Welt die Augen öffnen!«, schrie nun er.

»Aber wie sollte sie, wenn sie im Krieg aufwächst?", weinte die Frau.

»Sie wird den König und seine Familie töten. Wenn es so weit ist, werden wir den Thron besteigen und die Welt verbessern. Keine Sklaven, Unterdrückung und Minderwertigkeit, kein Machtmissbrauch. Wir werden in Frieden leben und die Welt verbessern. Mit deiner Hilfe können wir das. Hilfst du mir?« Er streckte der Frau die Hand hin. Sie nahm das Kind wieder in den Arm und drückte es schützend an sich. Dann zischte sie: »Du weisst, dass ich da nie mitmachen werde.«

Der Mann schüttelte den Kopf, fasste sich dann wieder und streckte die Hand erneut aus.

»Wenn du nicht willst, dann gib mir wenigstens Ori.«

»Nein!", schrie meine Mutter hysterisch.

»Du wirst sie nie bekommen!«

»Na gut. Dann halt eben mit Gewalt", murmelte er und hob die Hand. Seine Lippen bewegten sich, aber es war nichts zu hören. Seine Hand leuchtete bläulich auf. Die Frau hob ebenfalls die Hand und vollführte eine schnelle Bewegung nach unten. Der Mann schrie auf und hielt sich die Wange. Blut lief über seine Wange.

Ehe er reagieren konnte, stürzte die Frau aus dem Raum und stiess ihn um. Er fiel zu Boden und schlug sich den Kopf am Bettrand an. Blut färbte den Boden rot, als die Frau aus dem Raum rannte.

Das Bild veränderte sich. Ich sah, wie der Mann seine Maske anzog und einen Befehl austeilte: »Findet meine Tochter. Ich brauche sie lebendig.«

Das Bild verschwamm wieder und jetzt sah ich meine Mutter am See. Es geschah wieder dasselbe, nur dass ich hörte, was sie zu mir sagte: »Sie werden dich niemals kriegen. Pass auf dich auf. Und vergiss nie, ich werde dich für immer lieben.« Dann kam die Druckwelle und alles wurde heller.

Ich öffnete die Augen und sass wieder auf dem Bett. Langsam flossen die Erinnerungen in meinen Kopf. Ich konnte nicht glauben, was ich da gesehen hatte. Meine Mutter, die Medikamente und der Mann. Dieser Mann war mein Vater. Dagon war mein Vater.

»Ich verstehe, dass du mich am liebsten umbringen würdest. Aber ich wollte doch auch nicht, dass deine Mutter Yuelia getötet wird. Sie hat sich selbst für diesen Weg entschieden.« Er lächelte traurig.

»Was willst du von mir?«, fragte ich monoton. Ich sah ihn nicht an. Ich wollte und konnte nicht. Er hatte so vielen Menschen das Leben genommen. Dörfer zerstört und Verderben verbreitet.

»Ich will, dass du die Welt verbesserst.«

»Indem ich wehrlose Familien umbringe? Ganze Dörfer abfackle und Tausende Frauen zu Witwen mache? Ich habe meine Freunde sterben sehen, im Krieg gegen dich! So viele tolle Menschen, die ich kannte, sind wegen dir gestorben. Der Krieg ist keine Lösung. Wenn du die Macht willst, dann stürme doch das Königshaus. Töte dort alle, aber töte nicht die Unschuldigen. Weisst du, warum ich mich für den Krieg entschieden habe?«, fragte ich ihn. Er sah mich leer an.

»Weil ich die Welt verbessern wollte.«

»Aber du verstehst mich nicht", wandte er ein.

»Wir wurden jahrelang unterdrückt. Denke an die vielen Frauen in deinem Alter. Sie haben kein freies Leben. Sie wurden verheiratet mit zwölf oder jünger. Denn ganzen Tag auf Kinder aufpassen, waschen, kochen. Das nennst du ein freies Leben? Oder die Ornis. Sie werden gleich als abtrünnige Monster abgestempelt. Aber hast du je mit einem gesprochen?« Von seiner vorherigen Freundlichkeit war nichts mehr zu spüren.

»Sie haben meine Mutter umgebracht. Mit solchen Wesen rede ich nicht. Sie dürfen mein Schwert spüren, an meinen Fäusten riechen, doch niemals werde ich mit einem dieser Monster reden!« schrie ich.

»Wenn das so ist, wird es Zeit, dass du dich mit einem unterhältst", sagte er sicher und ging aus der Tür. Bevor er ging, sagte er noch: »Und denke erst gar nicht daran abzuhauen. Alles wurde mit einem Zauberbann abgesichert.« Dann verliess er den Raum und knallte die Tür zu.

Ich atmete tief durch und dachte nach. Er hatte in gewisser Weise recht. Dieses Zwangsverheiraten war wirklich kein freies und schönes Leben. Aber war ein Leben im Krieg etwas Freies und Schönes? Ich glaube nicht.

Die Tür öffnete sich und ein Orni betrat den Raum. Seine grobe Haut war grün, der Kopf war rund und unförmig. Zwei gelbe, runde Augen sahen mich an. Der Orni hatte zwei lange Ohren und Eckzähne, die im aus dem Mund standen. Zu meinem Verwundern trug er eine normale Stoffhose und ein Hemd. Die Ärmel waren hochgekrempelt und zeigten seine muskulösen und vernarbten Arme. Seine Hände waren gross und grob. Er hatte eine gekrümmte Haltung und er humpelte. Er setzte sich auf einen Stuhl und sah mich an.

»Du bist also die Tochter von Meister Dagon.« Er sprach ein sehr gutes Deutsch und seine Stimme klang hoch und leicht näselnd.

»Ich bin Toka. Im Krieg verletzte mich ein Magier am Fuss und seitdem spüre ich ihn nicht mehr. Zum Kämpfen bin ich unfähig. Dann hat mich Meister Dagon in seine Residenz aufgenommen. Ich bin für ihn und seine Angestellten da und unterhalte sie, wenn es ihnen nicht gut geht.« Toka sah mich fordernd an.

»Du redest wohl nicht gerne?", fragte er mich. Ich verzog angewidert das Gesicht. Toka fuhr ungehindert fort: »Ach so. Du bist eine von denen, die mich als kaltblütiges Monster ansehen. Ihr Menschen denkt, wir haben keine Gefühle, aber das stimmt nicht. Ich hatte auch eine Familie. Eine wunderschöne Frau, zwei kleine Knaben und eine neugeborene Tochter. Wir lebten in einem kleinen Ornidorf im Wald. Wir hatten uns vor den Menschen versteckt, da sie uns lieber tot sahen.«

Trauer spiegelte sich auf Tokas Gesicht, als er erzählte:»Eines Tages fanden sie uns. Sie brannten unser Dorf nieder und schlachteten die Bewohner ab. Ich war im Wald, Pilze sammeln, und als ich zurückkam, stand unser Dorf in Flammen. Ich rannte zu meinem Haus und fand meine Frau ohne Kopf wieder. Ich rannte zum Kinderbett und fand alle drei Kinder tot vor. Ihre Bäuche waren offen, es fehlten Arme und Beine, bei meiner kleinen Tochter fehlte sogar ein Auge.« Tränen rannen dem Orni über die Wangen. Ich hatte noch nie einen Orni weinen sehen. Langsam schwand mein Hass zu diesem einen Orni.

Er wischte sich mit der Hand die Tränen weg, und als er weiter erzählte, blitze Wut auf in seinen Augen.

»Ich schwor Rache für meine Familie, doch was kann ein einzelner Orni ausrichten? Ich hörte schliesslich von einem Mann, der ein Heer aufstellen und für Gleichberechtigung kämpfen wollte. Ich wollte diesem Mann helfen und so meine Familie rächen. Ich fand ein Heer, welches für Meister Dagon kämpfte und wurde aufgenommen. Ich kämpfte viele Jahre lang und sah viele von uns sterben. Ich tötete viele Menschen des feindlichen Heers. Jeder Mensch, der starb, würde meinen Kampf um die Gleichberechtigung weiter bringen.«

Ein Funke Freude spiegelte sich in seinen Augen. Wurde aber sogleich wieder von der Trauer übermannt.

»Eines Tages sah ich ein Soldat auf dem Schlachtfeld. Er ritt auf einem schwarzen Drachen und trug eine einfache Soldatenrüstung. Dieser Soldat kämpfte mit genau so viel Hass wie ich. Er tötete reihenweise Ornis und ging immer weiter. In jeder Schlacht, in der ich ihn sah, verloren wir. Dann wurde mir bewusst, was ich getan hatte. Ich hatte so viele Menschen getötet und deren Hass auf uns noch verstärkt. Ich verstand nun den Hass des Soldaten auf uns. Aber würde ich aufgeben, würden wir immer unterdrückt bleiben. Ich beschloss, nicht aufzugeben. Aber dann streifte ein Zauber meinen Fuss und er war für immer gelähmt. Unter höllischen Schmerzen ging ich zurück ins Lager. Die Prognose war klar. Kampfunfähig. Meine Hoffnung flog davon wie ein Vogel im Wind. Meister Dagon nahm zu sich in sein Haus. Er zeigte mir ein neues Leben. Ich werde ihm für immer dankbar sein und ihm bis ans Ende meiner Tage dienen.« Er lächelte mich freundlich an.

»Ich kann dir deinen Hass auf uns nicht wegnehmen. Aber du musst wissen, ich akzeptiere es. Wir beide haben viele getötet. Ich bin auch nicht böse auf dich. Ich verstehe deinen Hass auf uns, wirklich.«

»Danke.", sagte ich.

»Für was?", fragte der Orni irritiert.

»Dass du mir deine Geschichte erzählt hast. Du hast recht, ich werde immer einen Groll gegen euch Ornis hegen. Aber du hast mir gezeigt, dass auch Ornis Gefühle haben und dass ihr auch verletzt werden könnt. Du hast mir eine neue Seite der Welt gezeigt und ich werde etwas gegen diese Unterdrückung unternehmen. Das verspreche ich dir Toka.«

Nach einer Weile sagte ich: »Ich bereue keinen Orni, denn ich getötet habe. Denn ihr habt meine Mutter getötet, aber es tut mir leid, dass ich so über dich gedacht habe.«

Toka lachte ein herzliches Lachen.

»Das ist der Fehler von euch Menschen. Ihr beurteilt jemanden nach dem Aussehen und nicht nach dem Herzen.« Toka stand auf und ging nach draussen.

Ich sah ihm nach und begann nachzudenken. Seine Geschichte ist wahr, kein Zweifel. Lebte ich bis jetzt in einer unfairen Welt? Konnte ich sie ändern? Was ich nun sicher wusste war, ich stand auf der falschen Seite des Schlachtfeldes. Toka hatte mir gezeigt, dass ich in einer ungerechten und verlogenen Welt aufgewachsen war.

Verwandlung im Paradies

Später kam Dagon wieder in mein Zimmer.

»Und? Wie war das Gespräch mit Toka?«

»Es hat mir eine neue Sicht auf unsere Welt gezeigt. Du hast recht. Unsere Welt ist ungerecht und wir müssen das ändern.« sagte ich bestimmt.

»Ich werde Dir den Mord an meiner Mutter aber niemals verzeihen, damit das klar ist.« Er nickte lächelnd.

»Das verstehe ich. Komm mit.« Er winkte mit der Hand und verliess das Zimmer. Ich folgte ihm. Wir gingen durch einen hell erleuchteten Gang. Ein hektisches Kommen und Gehen umgab uns. Soldaten, Generäle und Ornis liefen umher. Alle grüssten Dagon auf eine andere Weise. Die Ornis verneigten sich, die Soldaten salutierten und die Generäle legten den Finger an die Stirn und führten ihn nach rechts. Niemand sah unterdrückt oder verängstigt aus. Alle lächelten und grüssten freiwillig.

Wir blieben vor einer grossen Doppeltür stehen. Dagon schnippte und die Türen öffneten sich. Das grelle Licht blendete mich. Mit dem Kopf signalisierte er, ich solle weiter gehen. Das tat ich auch.

Als sich meine Augen an das Licht gewöhnt hatten, öffnete sich mein Mund. Ich stand auf einem grossen Balkon. Vor uns erstreckte sich eine riesige Hügellandschaft. Ich sah Wälder, Seen, Flüsse und unzählige Dörfer. Dort lebten Ornis, Trolle, Riesen, Todesmagier, Heiler, Zauberer und Menschen, friedlich zusammen. Es herrschte eine glückliche Harmonie. Keine Streitereien, kein Rassismus oder Unterdrückung der Arten. Ein Riese stampfte durch ein Dorf und winkte jemanden. Ich hatte noch nie einen Riesen gesehen. Alle erzählten, sie wären so hoch wie Laoma, sie hätten riesige, spitzige Zähne und lange Krallen an den Händen. Aber dieser Riese war gar nicht so gross. Er war an die fünf Meter hoch, hatte normale Zähne und schöne Finger. Er hatte übliche Kleidung an und sah auch wie ein Mensch aus, nur dass er grösser war. Und sicher stärker.

Der Riese ging zu einem grossen Haus am Rande des Dorfes und ein zwei Meter grosses Kind begrüsste ihn. Ich sah Ornikinder die mit Menschenkindern Ball spielten. Es war wie ein Traum. Ein Traum, indem jeder gleichberechtigt ist.

»Gefällt es dir? Das ist mein kleines Reich.« sagte Dagon und lächelte mich an.

»Es ist wunderschön. Wie ein kleines Paradies.« Ich lächelte zurück.

»Das ist mein Ziel. Ich möchte, dass ganz Minaka so wird. Ein Paradies, in dem jeder die gleichen Rechte und Pflichten hat. Wäre der König nicht so stur, wir hätten uns den langen Krieg erspart. Du weisst nicht, wie viele Male ich zum König gegangen bin und Gleichberechtigung für alle gefordert habe. Jedes Mal kam ich knapp mit dem Leben davon. Ich weiss nicht, wie oft mir Shyra das Leben gerettet hat.«

»Du kennst Shyra?« fragte ich.

»Ja. Shyra war mein Drache. Als deine Mutter tot war und meine Leute dich nicht fanden, schickte ich Shyra los. Der Drache sollte dich finden und auf dich aufpassen. Als ich hörte, dass Shyra gefangen genommen wurde, schwand meine Hoffnung. Doch als meine Generäle sagten, dass Shyra auf dem Schlachtfeld gesehen worden war, wusste ich, der Drache hatte seinen Job getan. Ich erschrak, als ich hörte, dass du dich auf der Seite des Königs befandest. Aber zum Glück gehörst du jetzt zu uns.« Er klopfte mir herzlichst auf die Schulter. Ich nickte nachdenklich.

»Alles in Ordnung?« fragte er mich besorgt.

»Ja. Ich habe nur gerade über jemanden nachgedacht.«

»Über wenn?«

»Über einen Freund, den ich zurückgelassen habe, als ich General wurde.« sagte ich traurig und sah Tyams Gesicht vor mir.

»Du wirst ihn sicherlich wieder sehen. Da bin ich mir ganz sicher. Komm mit. Ich muss dir noch etwas zeigen.« In seinen Augen blitze Freude auf. Wir gingen zusammen denselben Gang zurück. Diesmal betraten wir ein kleineres Zimmer. Am Boden war ein roter Stern eingezeichnet. In dem Zimmer waren vier Zauberer. Einer davon war der Todesmagier, der mich hergebracht hatte.

»Stell dich bitte in die Mitte.« forderte mich Dagon auf.

»Und warum?« fragte ich skeptisch.

»Du kannst dich sicher an die DNA erinnern? In dir steckt eine uralte Energie. Da du nie eine Lehre als Magier gemacht hast, weisst du nicht, wie du sie benutzen kannst. In der Lehre lernst du, deine Kräfte zu nutzen. Wir werden dir etwas dabei helfen. So bald deine Magie an der Oberfläche ist, kannst du sie verwenden. Du brauchst keine Angst zu haben.« sagte Dagon zuversichtlich.

»Na gut.« schulterzuckend stellte ich mich in die Mitte des Sternes. Alle Magier stellten sich an je einem Zacken des Sternes auf. Sie hoben ihre Hände und ihre Lippen formten einen gemeinsamen Zauberspruch. Der Stern leuchtete auf und vor den Händen der Zauberer bildeten sich rote Kugeln. Alle streckten gleichzeitig ihre Hände nach vorne und aus den Kugeln schossen rote Strahlen, die mich am Körper trafen. Ich schrie auf, denn die Strahlen suchten sich einen Weg in meinen Körper. Sie durchwühlten meinen Körper und suchten nach etwas. Den Magiern lief der Schweiss in Bächen über die Gesichter. Anscheinend kostete es ihre gesamte Kraft, die Strahlen aufrecht zu halten. Einer der Strahlen fand das Gesuchte und zerrte daran. Es war zu tief verankert und es konnte nicht herausgezogen werden. Die anderen Strahlen fanden zueinander und alle zogen gemeinsam. Sie bildeten einen einzigen Strahl und zogen, was das Zeug hielt. Das gesuchte löste sich und breitete sich in meinem Körper aus.

Alle Magier fielen erschöpft zu Boden. Nur Dagon blieb noch stehen. Er beobachtete, wie mein Körper rot zu leuchten begann. Von meiner Brust breitete sich ein schwarzes Muster aus. Es war ein Muster aus geschwungenen Linien. Es legte sich um Arme, Beine, Hals und um den Bauch. Die geschwungen Linien wurden mit Zacken verbunden und an der Brust bildete es einen Kreis mit inneren Zacken.

Meine Ohren wurden mir in die Länge gezogen und an meinem Kopf wuchsen zwei schwarze Hörner in die Höhe.

Ich fiel in mich zusammen und atmete schwer. Diese Verwandlung hatte meine komplette Kraft gebraucht.

Dagon hob mich hoch und legte mich in ein Bett. Ich schlief ein und träumte von meiner Mutter und Dagon. Von Shyra und Feuer.

Am nächsten Morgen erwachte ich mit brummendem Kopf. Ich fuhr mir mit der Hand über den Kopf und berührte etwas Hartes. Vorsichtig fuhr ich dem harten Ding entlang und konnte ein Horn ausmachen. Warte ein Horn? Auf der anderen Seite hatte es noch mal eins. Jetzt fiel mein Blick auf den Arm. Das schwarze Muster erinnerte mich an gestern. Jetzt müsste doch meine Magie verwendbar sein, oder?

Ich öffnete die Handfläche und probierte ein wenig umher, bis plötzlich eine schwarze Flamme erschien.

Es klopfte an der Tür und Dagon betrat den Raum.

»Ah. Wie ich sehe, lernst du schnell.« Nach einer Weile sagte er ernst: »Heute ist wieder Generalversammlung unseres Rates. Du bist natürlich dabei.« Er lächelte mich an und wir gingen in den Konferenzsaal. Dort sassen schon viele Generäle. Die Mehrheit waren Menschen. Ich konnte aber auch Ornis und Zauberer ausmachen.

Als Dagon den Raum betrat, verstummten die Gespräche. Mit lauter Stimme sagte Dagon: »Endlich haben wir es geschafft. Meine Tochter Ori hat sich der Zeremonie hingegeben und wurde so zu einem Schattenwesen.« Ein erstauntes Raunen ging durch den Raum.

»Zu unserem Glück war Ori vorher General in den königlichen Truppen. Das heisst sie weiss, wo sich die Lager und die Hauptkräfte der königlichen Truppen aufhalten. Fahr fort Ori.« Ich ging zu dem langen Tisch in der Mitte, auf der eine Karte von Minaka eingezeichnet war.

»Eines der schwachen Hauptlager befindet sich hier.« Ich zeigte auf einen Punkt im Osten.

»Unterwegs befinden sich alles kleine Stützpunkte mit maximal 300 Mann. Wenn wir den Osten erobern, gibt das einen starken Rückschlag der königlichen Truppen. Und wenn wir vom Osten in den Süden gehen, ist Laoma so gut wie ungeschützt. Hier, hier und hier,« ich zeigte auf Punkte in der Nähe von Laoma,

»liegen die Stützpunkte, die den Befehl haben, zur Not Laoma zu schützen. Sind diese Lager vernichtet, gehört Laoma so gut wie uns.« Ein allgemeines Nicken ging durch den Raum. Nach einer kleinen Diskussion wurde eingeteilt, wer, mit wem, welches Lager angreifen würde. Ich und der Todesmagier waren ein Team. Wir sollten die ersten Truppen nach Osten führen und einen direkten Angriff auf das Hauptlager durchführen. Bei Sonnenaufgang würden wir zu einem von Dagons Lager fliegen und dort die Truppen holen. Mehrheitlich Ornis, 8 Riesen, 20 Trolle mit ihren kleinen Flugdrachen und normale Soldaten. Zusätzlich ein Heilmeister und mehrere Lehrlinge. Natürlich kommen auch noch mehrere Magier verschiedenster Elemente mit. Wir würden das stärkste Heer von Dagon haben. Nachdem wir das Hauptlager im Osten eingenommen haben werden, würden wir weiter in Richtung Laoma ziehen und auf dem Weg alles Einnehmen. Wir würden die Welt verbessern. Kein Zweifel.

Am Abend gingen alle erwartungsvoll ins Bett und freuten sich schon auf den nächsten Tag. Die nächsten paar Monate würden in die Geschichte eingehen.

Myron und die Schlacht

Als die Sonne aufging, sassen Myron und ich auf Shyra. Ich hatte am frühen Morgen seinen Namen aus ihm herausgeangelt. Er hatte ihn mir nur verraten, weil wir nun zusammen ein Heer führen würden. Unterwegs erzählte er mir seine Geschichte.

»Ich wurde in einem kleinen Dorf geboren, als Sohn eines Schmieds und einer Obstverkäuferin. In unserem Dorf kannte jeder jeden. So gingen auch schnell Gerüchte umher. Die Jungs aus der Nachbarschaft mochten mich noch nie, da ich mit meinen Haaren für komisch eingestuft wurde. Ich spielte immer im Wald und eines Tages entdeckte ich meine magischen Fähigkeiten. Ich konnte Steine in die Luft sprengen und Bäume entwurzeln. Das würde mein grosses Geheimnis werden, dachte ich. Eines Tages flog ich auf, meine Mutter wurde als Hexe bezeichnet und auf einem Scheiterhaufen verbrannt. Meinen Vater liessen sie am Leben, da sie einen Schmied brauchten. Der Tod meiner Mutter machte ihm schwer zu schaffen. Man sperrte mich ein und holte einen Magier ins Dorf, der meine Zauberkräfte bannen sollte. Der Magier erkannte in mir einen Todesmagier und versuchte sein Bestes.

Die verschiedenen Arten der Zauberei sind nicht gut aufeinander zu sprechen. Er verstärkte meine Magie, statt sie zu bannen, und so wurde ich unbewusst zu einem der stärksten Todesmagier. An einem schönen Tag spielte ich draussen im Garten, als mich ein paar ältere Jungs beleidigten. Sie beschimpften meine Mutter als Hexe und mich als dumm und schwach. Da platze mir der Kragen. Ich hob meine Hand und liess ein Feuerinferno auf sie los. Die Jungs verbrannten sofort, aber das Feuer traf auch die Häuser. In meiner Wut brannte ich alles nieder. Ach, ich werde ihr flehen und betteln nie vergessen. Sie flehten um Gnade und entschuldigten sich bei mir. Aber niemand konnte meinem Zorn entkommen. Mein Vater starb durch einen herabstürzenden Balken. Ich floh aus dem Dorf, in den tiefen Wald hinein. Monatelang ernährte ich mich von Pilzen, Moos und Blättern. Ich sah in meinem Leben keinen Sinn mehr und wollte mich selber in die Luft sprengen, als mich ein Mann auf einem Teufelspferd stoppte. In seiner Hand hielt er einen schwarzen Stab mit einem roten Juwel. Er trug einen schwarzen Umhang und hatte ebenso schwarze Haare wie ich. Er stellte sich als Zalgo vor und sagte, dass er ein Todesmagier sei. Er habe eine starke Todesmagie gespürt und habe mich gefunden. Er sagte, wenn ich nicht an einem natürlichen Tod sterbe, werde ich beim Versuch, mich selbst zu töten, alles im Umkreis von einem Kilometer zu Staub und Asche verwandeln. Er nahm mich als Schüler auf und lehrte mich, die Todesmagie zu benutzen. Er führte mich zu Dagon und dieser nahm mich sofort auf. In seinen Truppen leben viele Todesmagier, da sie überall verfolgt und umgebracht werden, sobald sie sich in der Öffentlichkeit zeigen. Wir alle waren froh, einen Ort zum Leben gefunden zu haben. Eines Tages, ich war ungefähr acht Jahre alt, bekam ich die Nachricht, Zalgo sei gestorben. Er wurde von deiner Mutter getötet. Die nächsten Jahre verbrachte ich bei einem anderen Lehrer. Als ich 17 wurde, ernannte mich Dagon zum General. Die letzten fünf Jahre verbrachte ich im Krieg. Vor einer Woche erhielt ich die Nachricht, ein Nebenlager zu überfallen und deren General lebendig gefangen zu nehmen. Dagon betonte das Wort »Lebendig« sehr stark, also musste es jemand wichtiges sein, dachte ich. Dann fand ich dich. Eine junge Frau, die meinen schönen Blutdrachen erschlagen hatte.«

»Also bist du jetzt 23?« fragte ich und sah nach hinten. Myron sass direkt hinter mir und hielt sich an meiner Taille fest.

»22. Ich werde in sieben Monaten 23.« Er lachte. Sein Lachen war so süss und sein Charakter gefiel mir gut. Er war so offen, freundlich, konnte aber auch fies, unberechenbar und hinterhältig sein. Er war ein Genie, Taktiker und ein sehr guter Anführer. Dazu sah er noch super aus, was wollte ich mehr.

Am Nachmittag erreichten wir das Hauptlager. Dort wartete unser Heer bereits auf uns und wir marschierten sogleich los. Diesmal ritt Myron auf einem Teufelspferd. Schade. Es hätte mir nichts ausgemacht, wenn er wieder hinter mir gesessen hätte.

Wir marschierten die Nacht durch und machten erst am nächsten Abend eine Rast. Die Soldaten waren gut in Form und schlugen ohne Murren ihre Zelte auf. Während Myron einen Schutzzauber um das Lager legte, mischte ich mich unter die Soldaten. Es waren gute Leute. Jeder hatte seinen Grund, warum er der Armee von Dagon beigetreten war. Doch alle hatten dasselbe Ziel. Die Welt zu einer besseren zu machen.

Am nächsten Morgen ging es weiter. Die Männer waren motiviert und gut gelaunt. Wir würden heute Abend noch angreifen. Wir waren noch etwa einen Kilometer von unserem Ziel entfernt, als wir wieder ein Lager aufschlugen um uns zu erholen und vorzubereiten. Ich schliff meine Katanas, Shyra machte ein Nickerchen und Myron tat es ihm gleich. Jeder machte etwas anderes. Die einen spielten Schach, schliefen, meditierten oder schliffen ihre Waffen. Ich ging noch einmal den Schlachtplan durch. Wir würden uns in drei Gruppen aufteilen. Als Erstes wird die Ostseite angegriffen. Dann die Westseite und zuletzt die Nordseite. An der dann praktisch schutzlosen Südseite, würde Myron zuletzt die Mauern einreissen und das Lager stürmen. Sein Teil der Truppe würde dann aufräumen. Klang einfach, war es aber nicht. Jetzt musste nur noch alles gut gehen, dann sollte uns der Sieg gewiss sein.

Am Abend versammelte ich alle und erklärte den Plan. Als wir fertig waren, marschierten wir los und die Trolle mit ihren kleinen Flugdrachen griffen an. Der Alarm ging los und die Ostseite wurde angegriffen. Wie gedacht, lösten sich Soldaten von der Nord- und

Südseite, um zu helfen. Ein Brüllen von Shyra und die Truppen teilten sich auf. Jetzt kam mein Einsatz.

Ich flog hoch über das Lager und entfachte eine schwarze Energiekugel. Diese liess ich nach unten sausen und eine riesige Explosion hallte durch das Lager. Ich genoss es und feuerte weitere Kugeln ab.

Ein Knall aus dem Süden signalisierte, dass Myron durch die Mauer gebrochen war. Ich flog dorthin und landete auf dem Boden. Sprang ab und zückte meine Katanas. Mein Gesicht wurde von einem Helm verdeckt. Nur die Hörner schauten heraus. Ich hätte gerne deren Gesichter gesehen, wenn sie erkannt hätten, wer vor ihnen stand. Meine Schwerter schwangen durch die Menschenmengen und endeten in Geschrei und Blut. Ich hob meine Hand und ein schwarzer Strahl glitt durch die Menschenmenge. Mehr Geschreie und Blut. Mir kam eine Idee. Ich nahm die Katanas und sie leuchteten schwarz auf. Ein Schnitt durch die Luft und eine Druckwelle durchschnitt die Leiber der Soldaten.

Ich liess die Schlacht hinter mir und steuerte das Generalszelt an. Ich öffnete es und fand den General in einer Ecke des Zeltes. Ich kannte ihn von früher, aber nur vom Sehen. Ein beliebter General mit Bart. Er hielt mir sein Schwert vor die Nase.

»Ergebe dich, oder du bist ein toter Mann!« sagte der General sicher. Ich schüttelte den Kopf.

»Aber das geht doch nicht.« Bedauerte ich.

»Warum?« forderte der General.

»Weil,« ich zog den Helm ab,

»ich kein Mann bin.«

Er starrte mich an.

»General Ori, was ist mit dir passiert.«

»Ach nur eine kleine Verwandlung. Sonst nichts. Wenn ich du wäre, würde ich kapitulieren. So kannst du wenigstens ein paar deiner Männer retten.« Ich lächelt ihn siegessicher an.

»Ich werde das niemals freiwillig tun.«

»Das dachte ich mir.« Ich blickte ihn grimmig an und hob meine Hand. Ein schwarzes Inferno verbrannte alle Zelte im Umkreis von acht Metern. In der Mitte stand ich und hielt den verletzten General an den Haaren. Die Soldaten hörten auf zu kämpfen und sahen mich an. Ich liess den Mann los und er fiel zu Boden. An den Haaren zog ich ihn zu den anderen. Einige der Soldaten erkannten mich und rissen erstaunt ihre Augen auf.

»Hört mich an.« sagte ich laut.

»Euer General hat sich zur Kapitulation entschieden, wenn auch nicht freiwillig. Schliesst euch mir an und werdet Zeugen, wie wir die Welt verändern. Keine Unterdrückung, keinen Rassismus, die gleichen Rechte für alle!« Meine Truppen jubelten auf. Ein Soldat meldete sich frech: »Und wenn wir das nicht tun?«

»Dann,« ich hob den Kopf des Generals. Er war wieder wach und sah mich aus den Augenwinkeln voller Verachtung an. Ich flüsterte zu ihm: »Das war´s wohl mit deiner Karriere als General.« Ich hob das Schwert und trennte fein säuberlich seinen Kopf ab.

»wird das mit euch passieren.« Die königlichen Truppen schrien auf.

»Lieber sterbe ich, als das ich mich dir anschliesse, Verräter!« schrie ein älterer Soldat. Ich gab dem Orni in der Nähe ein Zeichen und er fiel tot zu Boden.

»Noch jemand? Er muss nur die Hand heben.« fragte ich in die Runde. Ein paar wenige Hände schossen in die Höhe. Alle fanden den Tod. Wir schlugen unsere Zelte auf und morgen würde es weiter gehen, in Richtung Laoma. Der Sieg kam mit jedem Schritt näher und näher.

Hinterhalt mit schmerzlichen Folgen

Am nächsten Morgen gingen wir weiter. Die Verluste auf unserer Seite waren gering und die Soldaten voller Zuversicht. Unter den neuen war auch ein Soldat, mit dem ich zur Schule gegangen war. Bei einer Rast setzte er sich zu mir.

»Hallo General Ori. Darf ich mich zu ihnen setzen?« fragte er schüchtern. Er war ziemlich jung, so um die 20, hatte braunes Haar, grüne Augen und eine kräftige Statur.

»Natürlich. Setz dich ruhig.« sagte ich zu ihm und zeigte auf den Stein neben mir.

»Lange ist es her, nicht wahr?«

»Du bist doch Thery, oder irre ich mich?« fragte ich ihn. Er war in meiner Klasse. Ein Durchschnittstyp.

»Ja genau. Ich wollte dich nur fragen, warum das alles.« fragte er schüchtern, als würde ich ihm den Kopf abschlagen.

»Nun es gibt viele Gründe. Der eine, Dagon ist mein Vater,«

»Ist nicht so.«

»doch und er hat mir eine Welt gezeigt, in der Ornis, Trolle, Riesen und Menschen zusammen leben können. Für alle gelten die selben Regeln und Rechte. Ein anderer Grund, mein Aussehen. Ich bin jetzt ein Schattenwesen. Ich war schon immer eins, aber es war versteckt.« Ich lächelte in die Ferne.

Wir redeten noch eine Weile miteinander und ich erfuhr, dass ich für tot erklärt wurde. Es gab eine kleine Trauerfeier, ein leerer Sarg wurde beerdigt und damit war die Sache gegessen.

Später marschierten wir weiter. Wir liefen zwei Tage lang in Richtung Osten und schlugen ein neues Lager auf. Einen Teil der Truppen hatte ich zurückgelassen, weil ich meinte, dass ich nicht alle benötigen würde, um das Nebenlager einzunehmen. Das war ein grosser Fehler, wie sich später zeigte.

In der Nacht schlichen wir uns an das Lager heran. Es war ein kleines Lager mit nur 250 Mann Besatzung. Einfach, wenn man denkt, dass ich mit 500 Mann ankam. Aber etwas war faul. Das Erste was ich bemerkte war, das niemand auf den Wachttürmen stand. Auch hatte es keine Soldaten auf dem Wehrgang. Wir stürmten die Tore und fanden ein leeres Lager vor.

»Was zum,« sagte ich, als alles in die Luft flog. Die Zelte, Häuser, Palisaden, einfach alles. Ich konnte mich schützen und sah im Staub die Zauberzeichen. Wir wurden in einen Hinterhalt gelockt! Jetzt überrannte uns das königliche Heer. Sie waren versteckt unter einem Schild, der sie unsichtbar machte. So ein Mist!

Ich brüllte Befehle und stürzte mich in die Schlacht. Alles um uns brannte und ich musste zusehen, wie meine Leute abgeschlachtet wurden. Die Soldaten aus dem fernen Hauptlager strömten herbei und verstärkten die königliche Seite. Ich wurde wütend und feuerte eine Kugel nach der anderen ab. Ein Feuerinferno in den feindlichen Truppen folgte.

»Brennt ihr Bastarde!« schrie ich. Ein feindlicher General schlich sich von hinten an und traf meine Schulter. Ich fuhr herum und bohrte ihm mein Schwert in den Bauch. Ich kämpfte wie eine Bestie und plötzlich war ich von feindlichen Soldaten umringt. Von meinen Truppen fehlte jede Spur.

Ich wirbelte herum und schlug um mich. Ein Soldat mit gezücktem Schwert näherte sich und ich hob mein Schwert bereit, ihm den Kopf abzuschlagen, als ich sein Gesicht sah.

Etwas Scharfes bohrte sich in meine Seite und ich schrie auf. Weitere Schwerter schnitten tiefe Wunden durch meine Rüstung. Das waren keine normalen Schwerter. Kein normales Schwert konnte sich durch meine Rüstung bohren! Sie mussten wohl mit einem Zauber belegt worden sein.

Ein Brüllen und etwas Rotes flog über meinen Kopf und verbrannte die Soldaten. Shyra landete neben mir und Myron streckte mir seine Hand entgegen.

»Komm jetzt! Wir haben keine Chance zu zweit!« schrie er. Ich nahm seine Hand und er zog mich auf Shyra hoch. Wir flogen davon und zwar so schnell es ging. Nach meiner Beurteilung ging es Myron gut. An seinem Arm hatte er einen kleinen Schnitt aber nichts Bedrohliches. Ich sollte mir eher Sorgen um mich machen, denn die Wunden brannten, und ich spürte das warme Blut, dass sich beim Rücken in meiner Rüstung sammelte.

Mir fiel auf, dass ich noch nie so nahe an Myron war, wie jetzt. Mein Kopf lag auf seinem Arm, mein Körper war teils auf ihm, teils auf Shyra. Mit einer Hand hielt er mich fest, mit der anderen hielt er Shyras Zügel.

Mein Blick wurde trüb und der Schmerz war kaum zum Aushalten. Ich hustete und beinahe wäre mein Mittagessen wieder hochgekommen.

»Du musst wach bleiben Ori. Halte durch, bitte, du musst wach bleiben. Hörst du?« Mit seiner weichen Hand strich er mir über die Wange. Ich nickte schwach.

»Nur noch ein Stück bis wir im Wald sind und dann haben wir es geschafft.« sagte Myron und ich hörte seine Angst in der Stimme. Ich spürte, wie Shyra langsam nach unten flog und im Wald landete. Myron legte mich auf seinen Umhang und sammelte Holz in der Nähe. Dieses zündete er an. Die Flammen erhellten sein blasses Gesicht.

»Shyra, geh in den Wald und hole mehr Holz.« sagte Myron. Der Drache trottete in den Wald und ich hörte Holz knacken.

Mit Mühe konnte ich meine Augen noch offen halten. Ich hörte das Öffnen der Verschlüsse an meiner Rüstung und Myron hob das leichte Metall von meinem Körper. Seine Hände verfärbten sich rot von meinem Blut. Hektisch zog er mir den Rest aus und zog mein Shirt hoch.

»Das sieht nicht gut aus.« murmelte er und legte seine Hände auf meine Wunde. Ich schrie auf vor Schmerzen.

»Es tut mir leid, aber es wird ein wenig weh tun.« sagte er hektisch und murmelte unverständliche Worte. Seine Hände begannen zu glühen und das Fleisch schloss sich ein wenig. Ich schrie und wollte mich wehren, es schmerzte so sehr.

Ich weiss nicht wie lange, aber nach gefühlten Stunden entfernte Myron seine Hände und wischte sich den Schweiss von der Stirn. Dann riss er ein Stück seines Umhanges ab und band es um meinen Bauch. Als der Verband fertig gewickelt war, schlief ich ein.

Am nächsten Morgen erwachte ich mit Fieber. Mein Kopf brummte und mir war so heiss. Myron lehnte sich an Shyra und schlief. Er sah so süss aus, wenn er schlief.

Der Durst plagte mich und so versuchte ich aufzustehen. Es gelang mir, doch ich fiel wieder hin. Ein schmerzliches Stöhnen entfuhr mir. Als ich wieder aufstehen wollte, packte mich eine bleiche Hand an der Schulter und drückte mich zu Boden.

»Schlaf weiter Ori. Du hast Fieber und da nützt nur schlafen.« Myron hatte starke Augenringe und eine nasse Stirn. Er sah fertig aus und litt eindeutig unter akutem Schlafmangel. Im Licht sah ich seinen Oberkörper. Er trug ein einfaches schwarzes Leibchen und eine schwarze Hose, die mir schon vorher aufgefallen war. Ich erkannte muskulöse Arme und einen schönen, flachen Bauch.

Er nahm mich hoch, legte mich auf Shyra, zog seinen Umhang wieder an und setzte sich hinter mich auf Shyra. Er sass im Sattel und ich lag vor ihm. Mit einer Hand drückte er meinen Körper an seinen, mit der anderen nahem er die Zügel. Shyra folgte ihm anstandslos und so konnten wir einige Kilometer Entfernung zum Lager gut machen. Dumm nur, dass wir im Feindesland waren. Würde man mich erkennen, war´s das für uns.

Wir flogen eine ganze Weile weiter, bis Shyra wieder in einem Wald landete.

»Vor uns ist ein Dorf. Dort kann ich dich besser heilen, aber so kannst du nicht unter die Leute treten.« Er legte eine Hand auf meine Stirn und ich spürte, wie sich die Hörner zurückzogen, die Ohren kürzer wurden und die Spiralen verschwanden. Jetzt war ich wieder die alte Ori.

Mithilfe von Shyra stieg er mit mir ab und trug mich wie eine Braut in Richtung Dorf. Zu Shyra sagte er: »Es tut mir leid, aber du musst für ein Weilchen im Wald leben. Wir können dich nicht in dieses Dorf führen, du weisst ja, nicht überall sind Drachen erwünscht. Sobald es Ori besser geht, kommen wir wieder, versprochen.«

Shyra schnurrte und berührte meine heisse Stirn mit der Schnauze. Dann verschwand er im Wald. Myron trug mich wie eine Feder in Richtung Dorf.

Das Ende des Weges

Wir erreichten das Dorf schneller als gedacht. In Myrons Armen fühlte ich mich wohl, geborgen und sicher. Auf der Strasse fand Myron einen Bauern. Er fragte diesen nach einem Heiler.

»Entschuldigung, können sie mir helfen? Meine Schwester ist verletzt und braucht einen Heiler. Wissen sie, wo es einen hat?«

»Die Strasse hoch, direkt neben dem Pub lebt ein Heiler. Fragen sie dort nach.« Ich konnte das Gesicht nicht sehen, da meine Augenlider zu schwer waren, um sie offen zu halten. Ich weiss nur noch, dass er eine tiefe und raue Stimme hatte.

Myron bedankte sich und ging schnell dorthin. Bei der Praxis angelangt, klopfte er laut und deutlich an der Tür. Der Heiler öffnete. Er wollte schon zetern, aber als er mich sah, lies er uns eintreten.

Myron legte mich auf den Tisch und der Heiler schaute meine Wunden an. Er murmelte etwas und heilte mich schliesslich.

»Mindestens eine Woche Bettruhe und dann sollte es schon besser gehen. Sagen sie, woher kommen sie?« fragte der Heiler neugierig.

»Wir waren auf der Durchreise, als uns eine Räuberbande angriff. Ich konnte mich wehren und sie in die Flucht schlagen, aber meine Schwester hat einiges abbekommen. Dann sind wir, so schnell es ging, hierher gekommen.« In Myrons Stimme schwang eine leise Panik. Ich hoffte, der Heiler bemerkt es nicht. Er bezahlte und ging mit mir wieder raus. Mir ging es sichtlich besser. Zum Glück nahm uns eine ältere Bauernfrau bei sich auf und umsorgte mich fürsorglich. Sie erzählte uns stolz von ihrem Mann, der ein General war und im Hauptlager eingeteilt war.

Zu unserem Glück wusste sie nicht, dass sie die Mörderin ihres Mannes in ihrem Haus pflegte.

Es verging eine Woche und ich wurde wieder fast gesund. Nur das Kopfweh wollte einfach nicht aufhören. Ich verbrachte eine schöne Zeit zusammen mit Myron. So kamen wir uns auch näher. Fast schon zu nahe. Wenn ich lachte, glänzten seine Augen voller Freude. Er umarmte mich häufiger und umsorgte mich wie ein Vater. Ich fühlte mich zu ihm hingezogen, aber wir beide wussten, dass es nie zwischen uns klappen würde. Ich war zu temperamentvoll und er zu zurückgezogen. Wir würden uns nur in die Quere kommen. Darum ging jeder seinen Weg. Auch wenn seiner bald enden würde. Hätte ich mich bloss an den Traum erinnert. Dann hätte ich sein Ende vielleicht verhindern können.

Eines Tages kam ein Bauer ins Dorf gerannt. Er war völlig aus der Puste und rang nach Luft, ehe er schrie: »Drache! Drache! Im Wald lebt ein Drache!«

»Wie sieht er aus?« fragte ein Soldat, der hier Urlaub machte.

»Er ist gross, schwarz und trägt einen Sattel.« Der Bauer zitterte am ganzen Körper. Bis jetzt war es ein Wunder, dass mich der Soldat noch nicht erkannt hatte. Offenbar wirkte Myrons Schutzzauber noch.

»Was trug der Drache sonst noch?« fragte der Soldat ruhig. Ich konnte schon die Zahnrädchen in seinem Kopf sehen, wie er auf meine Spur kam.

»Eine schwarze Metallrüstung. Auf seinem Brustkorb sah ich das königliche Wappen, aber es war durchgekreuzt.« sagte der Bauer mit zittriger Stimme.

»Gut. Ich werde nachschauen« sagte der Soldat und zückte sein Schwert. Myron und ich sahen uns an. Wir wussten beide, dieser Soldat musste sterben.

Wir folgten ihm unauffällig. Dank Myrons Unsichtbarkeitszauber war das kein grosses Problem. Der Soldat verstand sein Handwerk und folgte Shyras Spuren. Er fand Shyra auch ziemlich schnell. Shyra sah hoch, witterte uns, sah den Soldaten an und leckte sich über die Pfote. Shyra wusste, wir hatten einen Plan.

»Du gehörst doch General Ori.« murmelte er und näherte sich Shyra. Er nahm die Zügel in die Hand, ich sprang aus der Schutzkugel und sagte: »Ja, Shyra gehört zu mir." Er drehte sich um und sah mich lange an, ehe er fortfuhr.

»Dann stimmt dieses Gerücht.«

»Welches Gerücht?«

»Dass du die Seiten gewechselt hast, Verräterin.« Er hob sein Schwert, um mich zu töten, doch ich wich geschickt aus und donnerte meine Faust in seine Nase.

»Du hast recht, ich habe tatsächlich die Seiten gewechselt. Aus gutem Grund« sagte ich und machte mich bereit, ihm die nächste Faust ins Gesicht zu schlagen.

»Was gibt es für einen Grund, um einem Mörder beizustehen?« zischte er und hielt sich die Nase. Der Soldat zog sein Schwert hob es hoch als ein Blitz ihn an der Seite traf. Er fuhr herum und sah ihn Myrons Gesicht.

»Dagon gibt uns eine Heimat. Er kämpft für Gleichberechtigung und Frieden« sagte Myron ruhig und machte eine Energiekugel bereit.

»Du Verräter, du wirst in der Hölle schmoren, das schwöre ich dir. Ich kann dich nicht aufhalten, aber sie werden dich kriegen. Und dann wirst du büssen« zischte der Soldat voller Hass und Verachtung. Ich zuckte mit den Schultern.

»Wenn sie mich kriegen.«

Ich gab Shyra ein Zeichen und er verschlang den Soldaten mit allem. Knochen knackten, Blut spritzte, ein kurzer Schrei, dann war der Soldat in Shyras Magen. Shyra leckte sich genüsslich über die Schnauze.

Ich und Myron gingen unbemerkt zurück ins Dorf zurück. Keiner bemerkte uns, oder sah uns. Niemand schöpfte Verdacht. Irgendwann würde das Verschwinden des Soldaten auffallen und sie werden denken, der Drache habe ihn getötet. Was auch stimmte.

Es vergingen ein paar Tage, bis ich eines Tages von Jubel und Freudenschreien geweckt wurde. Schlaftrunken zog ich mich an und ging nach draussen. Myron stand schon auf der Strasse und seine Augen waren weit geöffnet. Ich sah auf die Strasse und fand den Grund für Myrons weite Augen. Auf der Strasse liefen Dutzende Soldaten, Ritter und ich erblickte sogar einen General. Es war Malko.

Aber das Schlimmste war gar nicht der Soldateneinzug, sondern was zuletzt kam. Ganz hinten, umringt von Magiern lief Shyra. Sein Blick war leer, er wurde hypnotisiert. Die Magier hatten alle Mühe, den Drachen zu bändigen, immer wieder blitzte Wut und Rache in Shyras Augen auf.

Der Zug hielt an und Malko hob die Stimme.

»Heute Morgen haben wir diesen Drachen im Wald gefunden. Er gehört einem General namens Ori. Sie hat sich von unserer Seite getrennt, um auf Dagons Seite zu kämpfen. Sie ist eine Verräterin und gehört vor Gericht. Sie kam in Begleitung eines Todesmagiers hier an. Wenn sie jemand gesehen hat, bitte melden.«

Unzählige Augenpaare richteten sich auf uns. Myron ballte seine Fäuste und er wollte angreifen, wie ich. Er packte mich an der Hand und zerrte mich hinter ein Gebäude.

»Hör mir zu. Ohne Waffen oder Rüstung sind wir machtlos. Du musst dich jetzt auf deine Rüstung konzentrieren. Wenn wir Glück haben, wirst du sie gleich tragen.«

Ich nickte und konzentrierte mich auf die Rüstung. Jedes Metallteil war wichtig. In Gedanken zog ich sie an und als ich die Augen öffnete, trug ich sie tatsächlich.

»Als Erstes müssen wir Shyra befreien. Die Magier halten ihn auf. Du kümmerst dich um die, während ich mich um den Rest kümmere. Einverstanden? Dann los.« flüsterte ich und rannte auf die Strasse. Myron schoss sich seinen Weg frei. Die Soldaten drehten sich verwundert um und griffen an, zu spät. Meine Katanas flogen nur so durch die Luft und Blut spritze überall hin. Tote Soldaten fielen zu Boden, Schreie und das Klirren der Schwerter halten durch das Dorf. Ich wurde immer schneller und aggressiver. Die Leichen türmten sich auf der Strasse und das Blut färbte den staubigen Boden rot. Eine aufblitzende Klinge, und ein langer Schnitt überquerte meine Wange. Ich schenkte dem Schmerz keine Beachtung.

Im Augenwinkel sah ich ein Magier, der einen silbernen Strahl auf Myron lenkte. Myron fiel zu Boden und ich warf ein Schwert in Richtung des Magiers. Es blieb in seinem Kopf stecken und er ging zu Boden. Inzwischen hatte sich Shyra endgültig befreit und kämpfe mit.

»Halt!« schrie eine bekannte Stimme. Ich hielt inne und sah Malko, der Myron fest im Griff hatte und sein Schwert an seine Kehle drückte.

»So sehen wir uns wieder Verräterin,« fauchte Malko. Er war richtig wütend.

»Habe ich dich so schlecht ausgebildet, dass du zu einem Meuchelmörder wechselst?«

»Nein, ich bin freiwillig gegangen. Wir machen jetzt so ein Vater, Tochter Ding. Weisst du?« sagte ich und hielt mein Schwert bereit.

»Dagon ist dein Vater?« runzelte Malko.

»Lass Myron los, sofort!« fauchte ich.

»Und warum sollte ich?« fragte Malko und drückte sein Schwert noch stärker an die Kehle. Ein kleines Blutrinnsal floss den Hals hinunter.

»Weil er eine Bombe in sich hat. Stirbt er, sterben wir alle.« sagte ich geschlagen und lies meine Arme hängen.

»Das ist doch nur einer, deiner lumpigen Tricks.« lachte Malko.

»Wollen wir es ausprobieren?« Er hob sein Schwert, um Myrons Kopf abzuschlagen, und ich gab Shyra ein Zeichen, dass er verschwinden sollte.

Wie in Zeitlupe raste das Schwert auf Myrons Kehle zu. Das Schwert schnitt in das Fleisch, durch die Luftröhre, durch Knochen und die Blutadern. Der Körper begann zu glühen und wurde immer heller. Ich baute eine Schutzmauer auf und die Explosion überrollte mich. Häuser explodierten, die Leichen und Lebenden gingen in Flammen auf, die Bäume kippten um und ich wurde weit fortgeschleudert. Ich landete im hohen Gras, das lichterloh brannte. Beim Aufprall rollte ich noch ein Stück weg und blieb dann bewusstlos liegen.

Erschreckende Nachrichten

Ich erwachte mit brummendem Kopf. Meine Sicht war verschwommen und dicker Rauch nahm mir den Atem. Hustend stand ich auf. Um mich herum brannte alles. Die Wiese, die Häuserreste einfach alles. Das Dorf war grösstenteils zerstört und Asche wehte im Wind. Der Geruch von verbranntem Haar und Fleisch drang in meine Nase.

Ich sah mich um. Diese Stelle kam mir bekannt vor. Vor mir sah ich eine elfjährige Ori, die mit ängstlichen Augen zu mir hochsah. Natürlich! Der Traum. Jetzt fiel es mir wieder ein. Auch was ich dort gesagt hatte.

»Was hast du getan!« schrie eine männliche Stimme. Sie klang entsetzt, traurig und verletzt. Ich kannte diese Stimme. Doch ehe ich mich umdrehte, sagte ich zu meinem Jüngeren ich: »Es tut mir leid. Ich habe versagt. Beschütze Myron. Beschütze ihn mit deinem Leben, sonst ist alles verloren.«

Mein Jüngeres ich verschwand, stattdessen tauchte Louis auf. Er trug seine Rüstung und sein Bart war an einer Stelle weggebrannt. Ich hob mein Schwert und zauberte das zweite in meine Hand.

»Ich habe nichts getan. Das war Malko. Er hatte Myron umgebracht und somit die Explosion ausgelöst. Ich habe ihn gewarnt.«

Seine Augen weiteten sich.

»Wo warst du die ganze Zeit. Vor ein paar Wochen bekam ich die Nachricht, ein Todesmagier hätte dich getötet. Dann hörte ich wieder, ein General in schwarzer Rüstung auf einem schwarzen Drachen sei gesehen worden. Es ging das Gerücht herum, dass du das Hauptlager überfallen hast, zusammen mit Ornis und Riesen. Mit Riesen! Du hättest Hörner und ein schwarzes Muster hätte deinen Körper geziert. Sag mir das, dass nicht wahr ist, Ori.«

Ich holte tief Luft und verwandelte mich. Meine Ohren wurden länger, zwei Hörner wuchsen in die Höhe und die Ringe legten sich um meine Arme.

»Es stimmt alles. Ich habe auf die Seite meines wahren Vaters gewechselt.«

Louis sah mich mit schreckgeweiteten Augen an, ehe er fortfuhr: »Das kann nicht sein. Ich bekam den Auftrag dich zu töten, falls diese Gerüchte stimmen.« Er sah auf seine Hände und hob das Schwert zum Angriff.

»Ich muss es tun. Es tut mir leid« murmelte er und griff an. Seine Kampfkunst war einzigartig. Nie wiederholte er sich, oder machte denselben Schritt. Wir kämpfen ohne Pause. Keiner war im Nachteil oder Vorteil. Bis ich einen dummen Fehler machte. Ich lies mich auf eine Wiederholung ein. Louis bemerkte es und täuschte an. Ich fiel auf seine Finte rein und kassierte ein Schwerthieb an die Beine, der mich auf den Boden brachte. Ehe ich mich richtig besinnen konnte, zeigte die Schwertspitze auf meinen ungeschützten Hals. Ich sah in seine Augen. Kälte. Nichts als Kälte. Keinen Hass, Verachtung, Wut oder Trauer, einfach nur Kälte.

Eine Träne rollte über meine blutverschmierte Wange. Sollte das mein Ende sein? Durch das Schwert des Stiefvaters, meines Erziehers? Ich drückte noch weitere Tränen raus, in der Hoffnung, er würde anbeissen. Tatsächlich fiel er auf meine Finte ein. In seinen Augen sah ich Trauer, Schmerz und die Liebe, die er für mich empfand. Sein Schwert senkte sich ein wenig und ich sprang auf, drückte mein Schwert gegen seine Kehle und flüsterte: »Vertraue niemals einem Gegner, bis er tot ist.«

Dann zog ich die Klinge nach und Louis sank zu Boden. In seinen Augen war nun Verwunderung, Erstaunen und Wut zu sehen. Ich lächelte ihn boshaft an und lies ihn von den Flammen verzehren.

Ich pfiff und Shyra flog zu mir. Mit einem Sprung sass ich auf ihm und flog in Richtung Laoma. Ich hatte noch eine Mission auszuführen.

Am Abend erreichte ich ein kleines Städtchen. Einen Umhang eines nun toten Banditen versteckte mein Gesicht und Körper. Die Rüstung hatte ich wieder weggezaubert und nur ein Schwert hing an meiner Seite. Shyra lies ich im Wald zurück und betrat eine Kneipe. Ich wollte mich ein wenig umhören.

Die Kneipe war gut besetzt und der kleine Barmann mit Schnurrbart unterhielt die Leute mit Kartenspielen oder Billard. Ich setzte mich an die Bar und sah mich um. Ich erkannte keinen Soldaten oder Ritter. Gut so.

»Was darf es sein?« fragte der Barmann mit rauer Stimme. Ich senkte meine Stimme so weit wie möglich und sagte: »Ein Bier.«

»Kommt sofort.« Er füllte in ein hohes Glas eine braune Flüssigkeit und stellte es mir hin. Ich nahm einen Schluck. Es war nicht das erste Mal, dass ich Bier trank. Im Lager Nila hatte ich oft ein Bier gehabt. Aber jedes Mal kam mir der Nachgeschmack hoch und juckte in meinem Hals.

Neben mir sassen zwei Bauern und unterhielten sich über den Krieg.

»Hast schon gehört? Die königlichen Truppen haben ein Dorf voller Mischlinge gefunden.«

»Schon? Mischlinge? Das sind doch Menschen die mit Ornis und so leben. Was haben die Truppen gemacht?«

»Man sagte mir, sie wurden alle abgeschlachtet. Es soll keine Überlebenden gegeben haben.«

»Was?« sagte ich laut und wandte mich den beiden zu.

»Abgeschlachtet? Auch die Kinder und Babys?«

»Ja. Auch die Mischlinge wurden getötet.« sagte der eine und nahm ein Schluck seines Biers.

»Diese Mistkerle.« fluchte ich und ballte meine Faust.

»Aber wieso fluchst du denn? Die haben es verdient. Diese Ornis sind eh zu nichts zu gebrauchen.« rülpste der Zweite.

»Wie bitte? Auch Ornis haben Familie und Kinder. Ihr denkt über Ornis, als wären sie Tiere!« Ich war aufgestanden und brülle die beiden an.

Ein grosser Kerl kam von hinten. Seine Arme waren voller Tattoos und er fragte mit einer tiefen Stimme: »Wer bist du überhaupt?«

»Das tut nichts zur Sache.« Gab ich wütend von mir. Ehe ich mich wehren konnte, hatte er meine Kapuze gepackt und sie nach unten gezogen. Alle starrten mich oder meine Hörner an. Der Kerl fragte gelassen: »Willst du uns jetzt sagen, wer du bist?«

»Na gut. Ich bin General Ori. Ich habe dem König gedient, habe aber vor ein paar Wochen zu Dagon gewechselt, da er für das Richtige kämpft. Und jetzt entschuldigt mich, ich habe noch etwas vor.« Ich ging hinaus und lies die gaffenden Männer hinter mir. Während ich nach draussen ging, legte ich meine Rüstung an und pfiff Shyra zu mir. Dann sass ich auf und flog nach Laoma.

Kämpfen bis zum Schluss

Im Morgengrauen erreichte ich sie. Die Hauptstadt von Minaka, Laoma. Meine Heimatstadt und Lieblingsstadt. Hier waren die meisten Erinnerungen, hier lebten meine Freunde und Bekannten. Hier lebte auch der Verantwortliche für den Grund des Krieges. Der Mann, der die Unterdrückung eingeführt hat. König Alex der sechste.

Von seinem Palast auf der Spitze des Hügels schaute er zu, wie sein Volk und die Bewohner abgeschlachtet wurden. Wie viele Ornis, Riesen, Trolle und Menschen mussten schon wegen ihm sterben? Zu viele. Ich hatte meinem Vater versprochen, die Welt zu verbessern, und das konnte man nur durch den Tod des Königs erreichen.

Ich flog pfeilgerade auf den Palast zu und feuerte eine schwarze Energiekugel auf die Kommandantur der Stadtwächter. Schreie und rennende Soldaten. Ich liebte dieses Bild.

Pfeile sausten auf uns zu und erwischten Shyra am Flügel. Shyra landete auf dem Marktring und rannte mit mir zur Verbindungstreppe. Unterwegs schoss ich unzählige Kugeln auf die heraneilenden Stadtwächter. Sie sollten meinen Zorn spüren, diese Mistkerle.

Eine Gruppe von Soldaten ritt auf mich zu. Die Speere gesenkt und die Schwerter kampfbereit in der anderen Hand.

Ich zog mein Schwert und zündete es an. Mit schnellen Bewegungen fielen die toten Leiber der Soldaten auf den Boden. Shyra sprang über die toten Pferde und Leichen, hinauf zu dem Palast.

Auf dem Werkring erwartete uns wieder eine Gruppe Ritter. Shyra regelte das mit einem Feueratem. Wir gingen weiter, als sich ein Pfeil in meine Schulter bohrte. Der Rückschlag lies mich von Shyra fallen. Ich schlug hart auf dem Boden auf und suchte nach dem Bogenschützen. Ein paar Meter entfernt sass Tyam auf einem Laufdrachen, denn

Bogen gespannt. Ich zog den Pfeil raus und bereitete mehrere Energiekugeln vor.

»Hallo Tyam, alter Freund. Schon lange nicht mehr gesehen.« mit den Kugeln spielend ging ich zu ihm hin.

»Ja es ist eine Weile vergangen, seit du in unsere Falle getappt bist.« Sein Blick war ernst und kalt. Er würde sich, ohne zu zögern, für die Stadt opfern.

»Nun, willst du mich umbringen? Nur zu. Ich habe Zeit.« lächelte ich und jonglierte mit den Kugeln.

»Nicht? Gut dann mache ich es.« Ich lies die Kugeln fallen und kickte sie mit dem Fuss in Richtung Tyam. Die Kugeln frassen sich durch die Schuppen seines Tieres und es kippe tot zur Seite.

»Du wirst jetzt noch nicht sterben. Um dich kümmere ich mich nachher.«

Ich zwinkerte ihm zu und rannte die letzten Stufen zum Palast hoch. Oben angekommen, flogen Pfeile auf uns nieder. Ich zog ein magisches Schutzschild hoch und die Sache war geregelt. Shyra kümmerte sich um die Ritter draussen, während ich nach drinnen ging, um den König zu suchen.

Der Palast war riesig. Alles war mit Gold und Silber verziert. Einige Wachen kamen auf mich zu, doch meine Schwerter streckten alle nieder.

Nach ein paar Kämpfen und ein paar Schnittwunden mehr, betrat ich lächelnd den Thronsaal. Dort sass er feige auf seinem goldenen Thron und zitterte vor Angst. Im Saal waren noch andere Adelsleute, doch um die würde ich mich nachher kümmern.

»Guten Tag die Herren und Damen. Ich glaube, mich nicht vorstellen zu müssen, da ich in ihren Gesichtern lesen kann, dass sie mich alle kennen.« Ich ging zum König und steckte meine Schwerter weg. In meinen Händen formte ich eine kleine schwarze Kugel.

»Ich bin nur aus einem Grund hier. Ich werde unser Land zu einem besseren machen. Dieser Nichtsnutz,« ich zeigte auf den König.

»hat zugelassen, dass Tausende von unschuldigen Ornis, Trollen, Riesen und Menschen gestorben sind. Er hat die Unterdrückung eingeführt, nichts gegen den Rassismus unternommen und zugesehen, wie die Minderwertigkeit überhandnahm und das einfache Volk zerfrass. Wie viele Mädchen wurden zwangsverheiratet? Wenn sie denken, Dagon kämpft nur für Macht und Reichtum, dann irren Sie sich.« Ich hatte meine Stimme erhoben und sprach laut und deutlich weiter.

»Dagon kämpft für Gleichberechtigung. Jeder soll gleich behandelt werden, egal ob Orni, Todesmagier, oder Mensch. Er hat ganze Dörfer errichten lassen, in denen Menschen mit Ornis glücklich lebten. Darum frage ich, was wollt ihr lieber. Eine Friedvolle, gleichberechtigte Welt, oder ein Land im Krieg und mir Minderwertigkeit?« Jetzt sah ich den König an. Er hatte weisses Haar und trug einen roten Mantel. Auf dem Kopf hatte er eine goldene Krone. Sein Gesicht war trotz seines Alters sehr kindlich und jung. Seine Hände umklammerten das silberne Zepter, als könnte er mit diesem Stab etwas anrichten.

Ich ging auf ihn zu und spielte mit meiner Kugel. Sie war nicht grösser als eine Erbse und leuchtete matt. Gerade als ich die Kugel auf ihn schiessen wollte, traf mich etwas im Rücken. Ich fiel zu Boden und konnte mich kurz nicht bewegen. Irgend so ein Magier hatte mich mit einem Lähmungszauber getroffen. Als ich meinen Finger wieder bewegen konnte, versteckte ich die Kugel in meinem Ärmel. Langsam erhob ich mich und hörte schwere Schritte. Ich drehte mich um und blickte in die Gesichter etlicher Magier, die einen Bannkreis um mich zogen. Die Magier wurden von unzähligen Rittern beschützt. Der Bannkreis zeigte seine Wirkung und meine Magie schwand. Ich lachte und zückte meine Schwerter.

»Dachtet ihr etwa, ein Bannkreis kann mir meine Schwertfähigkeiten nehmen?« Ich rannte auf die Ritter zu und schlug dem ersten den Kopf ab. In diesem Stil ging es weiter. Blut, tote Körper und Schreie füllten den Saal.

Wieder traf mich eine Lähmung an der Seite. Zwei weitere folgten an einer anderen Körperstelle. Ich konnte mich nicht mehr bewegen. vier Ritter kamen mit magischen Handschellen und legten sie mir an einer Hand an. Dann konnte ich mich wieder bewegen und schleuderte die Kugel in Richtung König. Ich sah, wie die Kugel in Zeitlupe durch den Bannkreis flog, knapp eine alte Dame verfehlte und schliesslich in des Königs Brust einschlug. Die Kugel hinterliess eine kleine runde Wunde. Einen Moment lang hielten alle die Luft an. Dann begann der König zu schreien und wandte sich auf dem Stuhl. Eine schwarze Materie frass ihn von innen auf. Der König schrie und explodierte schliesslich in ein ekliges Gemisch aus Blut, Innereien, Knochen und Fleisch.

Alle starrten die Überreste des Königs an, während ich zufrieden lachte. Mein Auftrag war erfüllt. Der König war tot und Dagon würde den Rest erledigen. Man legte mir den Rest der Fesseln an und führte mich schliesslich zum Gefängnis. Als ich auf dem Platz vor dem Palast eintraf, hielt gerade ein Ritter stolz den Kopf von Shyra hoch. Er hatte für mich gekämpft und ist für mich gestorben. Danke für alles Shyra. Lächelnd ging ich weiter und sah in die warme Sonne. Was für ein schöner Tag.

DER ANFANG VOM ENDE

Der Boden war hart, die Wände feucht und die Ketten mit Schutzsymbolen rieben meine Haut auf. Mir war das egal. Meine Mission war erfüllt, ich hatte keinen Grund mehr, um zu kämpfen. Ich hatte meinen Drachen verloren. Louis, Malko und Myron waren tot und Tyam hatte sich von mir abgewandt. Nur noch mein Vater, Dagon lebte und er würde die Sache regeln. Auf mich wartete das Todesurteil, daran kann man nichts ändern. Ich würde angezeigt werden, wegen Hochverrat, Mord am König und denn unzähligen toten Soldaten des Gefechtes in Laoma. Ich würde ehrenvoll und glücklich sterben. Mit dem Gedanken, die Welt verbessert zu haben.

Ich seufzte und atmete die feuchte und stinkende Gefängnisluft ein. Diese Einzelzelle war nicht das beste, aber immer noch besser als jene bei Dagon. Ich hatte wenigstens ein kleines Fenster ganz oben, dass Licht in die trübe Zelle brachte.

Ein Schlüssel drehte sich im Loch, dann wurde die schwere Tür geöffnet und zwei Ritter kamen mich abholen. Sie legten mir wieder schwere Eisen an und führten mich nach draussen. Die Sonne schien und Vögel zwitscherten. Ein schöner Tag, um zu sterben. Man führte mich zu Fuss auf den Marktring. Von Weitem sah ich schon das Podest, den Holzstrunk und das Henkersbeil. Der Henker, ein grosser Mann mit verdecktem Gesicht stand daneben. Um das Podest stand die halbe Stadt und warteten ungeduldig auf den Prozess. In der Mitte lag ein breiter und freier Weg. Wir stoppten. Ich wunderte mich. Wollten sie etwa meinen Tod hinaus zögern?

Ein Mann mit schwarzen Haaren wurde auf das Podest geführt. Sein Umhang war zerschlissen und er wies mehrere Wunden auf. Mir kam der Mann bekannt vor.

»Wer ist denn das?« fragte einer der Ritter.

»Hab gehört, es solle der Mann sein, der den Krieg anfing. Wie hiess er nochmals? Dogan? Digon?« sagte der andere.

»Ah, du meinst sicher Dagon.« meinte der andere schulterzuckend. In mir brach eine Welt zusammen. Was machte Dagon hier. Wie hatte man ihn geschnappt?

Das wollte auch einer der Ritter wissen. Der andere antwortete: »Unsere Truppen haben ein feindliches Lager überfallen. Durch Zufall haben sie ihn gefunden und hierher gebracht.« Inzwischen stand Dagon auf dem Podest und legte den Kopf auf den Holzstrunk. Seine Augen trafen meine. Mut blitze auf und erlosch sogleich wieder, als sich das Beil durch seinen Hals frass.

Mit einem Ruck führte man mich zum Podest. Ich war gescheitert. Dagon war nun tot und ich ebenfalls. Aber ich hatte der Welt die andere Seite gezeigt. Dank mir wissen die Menschen, es gibt ein Leben ohne Unterdrückung. Vielleicht wird sich die Welt noch verbessern. Jemand anders wird die Truppen anführen und der Krieg wird erst beendet sein, wenn wir gesiegt haben.

Ich legte meinen Kopf auf das blutige Holzstück. Meine Augen sahen Tyam. Er weinte. Ich lächelte ihn an und Schwärze überkam mich. Ich lies meinen Körper zurück und flog in den Himmel. Hand in Hand mit Dagon, Myron, Louis und meiner Mutter Yuelia.

Epilog

Nach Oris Tod veränderte sich die Welt wirklich. Die Truppen von Dagon fanden einen neuen Herrscher, nämlich Toka. Der Orni führte mithilfe seiner Generäle viele siegreiche Schlachten und nahm über einen Viertel von Minaka ein. Der neue König, Simon der siebte erhöhte die Steuern massiv, da er das Geld für den Krieg brauchte. Zudem beschlagnahmte er den grössten Teil der Nahrungsmittel für sich und seine Soldaten. Das einfache Volk reagierte mit Aufständen, König Simon mit brutaler Waffengewalt. Die armen Familien flohen zu Toka und kämpften an seiner Seite weiter.

15 Jahre nach Oris Tod, war es soweit. Die Truppen von Toka stürmten den Palast und übernahmen die Macht. Im Land herrschte nun wieder Friede, Gleichberechtigung und Freiheit. Toka regierte noch lange als König und gründete den Hohen Rat. Ein Rat, bestehend aus elf Mitgliedern, gemischt aus jeder Lebensform. Dieser Rat, würde nach seinem Tod Minaka regieren. Dies taten sie auch und Minaka blühte wieder auf, wie es einmal war. Ein freies Land, mit allen möglichen Lebewesen.

Ende